How to Write a Lot

A Practical Guide to

Productive Academic Writing

你就是論文寫手

高產量學術寫作指南

Paul J. Silvia 著

賴麗珍 譯

How to Write a Lot

A Practical Guide to Productive Academic Writing

Paul J. Silvia, PhD

目錄

作者簡介

　　Paul J. Silvia 博士二○○一年從堪薩斯大學獲得心理學博士學位，研究領域為情感心理學，尤其偏重使事物有趣的因素、情感在藝術方面的角色，以及情感和人格的交集。他曾因為審美方面的研究，獲得美國心理學學會第十分會（美學、創造力和藝術心理學分會）為年輕學者所設的柏蘭獎（Berlyne Award）。其著作有《興趣心理學的探究》（*Exploring the Psychology of Interest,* 2006）和《自我覺察及其因果關係歸納》（*Self-Awareness and Causal Attribution*，與 T. S. Duval 合著，2001）二書。在休閒時間，他喝咖啡、寵愛其伯爾尼山犬 Lia，以及享受不寫作的樂趣。

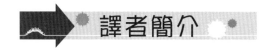 譯者簡介

　　賴麗珍，美國威斯康辛大學麥迪遜校區教育博士，主修成人暨繼續教育，曾任職於台北市教育局、台灣師範大學圖書館（組員）及輔仁大學師資培育中心（副教授）。研究興趣為學習與教學、教師發展及創造力應用。

　　譯有《教師評鑑方法：結合學生學習模式》、《有效的班級經營：以研究為根據的策略》、《教學生做摘要：五十種改進各學科學習的教學技術》、《班級經營實用手冊》、《增進學生的學習動機：150 種策略》、《創意思考教學的 100 個點子》、《思考技能教學的 100 個點子》、《重理解的課程設計》、《善用理解的課程設計法》、《重理解的課程設計：專業發展實用手冊》、《教師素質指標：甄選教師的範本》、《激勵學習的學校》、《教養自閉症兒童：給家長的應用行為分析指南》、《你就是論文寫手：高產量學術寫作指南》、《所有教師都應該知道的事：教學計畫》、《所有教師都應該知道的事：特殊學生》（以上皆為心理出版社出版）。

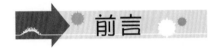

前言

　　《你就是論文寫手》不是一本學術書——它是一本為學術界讀者而寫、內容簡明，以及陳述個人經驗的實用書。大學教授們用相當無奈的心情來寫論文：寫論文很困難，而且經費申請計畫和發表論文的標準比從前更高。研究生也大聲抱怨其無奈：他們的博碩士論文寫得辛苦，指導教授自己的論文也常常寫得辛苦。許多人盡力在抓狂的學期中完成論文、管理好自己的時間，以及在面對批評和拒絕時仍保持寫作的動機。但是很多人從未學過向期刊投稿論文、修改再投稿，或者與人合寫論文的基本注意要點。

　　高產量寫作是一種能力，不是天賦，因此你可以學習如何做到。本書針對平時工作日的寫作、壓力及內疚感較小之下的寫作，以及更有效率的寫作所提供的策略，將告訴讀者如何使寫作成為例行公事。如果你積存了太多資料、擔心找不出時間寫作，或者希望寫作變得更容易，這本書會有幫助。

　　很幸運地，我的同事喜歡討論寫作，同時也能忍受被打擾。很多作者和編輯接受過我的非正式調查、評論過本書的初稿，以及為這個聽起來必定怪異的計畫提供意見。我要大大感謝以下人士：Wesley Allan、Janet Boseovski、Peter Delaney、John Dunlosky、Mike Kane、Tom Kwapil、Scott Lawrence、Mark Leary、Cheryl Logan、Stuart Marcovitch、Lili Sahakyan、Mike Serra、Rick Schull、家父 Raymond Silvia、Jackie White、Beate Winterstein、Ed Wisniewski 及 Larry Wrightsman。同時也應該感謝美國心理學學會出版部的 Lansing Hays 和 Linda McCarter，他們把內容變動不定的初稿變成更好的書。

引用 Stephen King（2000）的話，作者的房間需要的只有「你願意關起來的一扇門」（p. 155），因此本書獻給Beate，這位在我房門外的摯友。

第一章

導讀

　　《你就是論文寫手》之內容是關於如何成為有反思力又有紀律的作者，以避免生產沒價值的文章、為累積產量而出版次級的論文，或者把生動的期刊論文變成註釋說明。大多數心理學家想要寫的比做的更多，他們也喜歡以寫作來減輕壓力、內疚和不確定性，因此本書適合他們。筆者採用實務的、行為取向的寫作方式，不談不安全感、逃避感和防衛感，或阻礙他們的內在心理障礙；也不談新能力的發展：即使要靠練習來改進，你也已經具有大量寫作所需要的基本能力。本書更不談釋放內在的任何事物：請把你的「內在作者」用皮帶栓住並帶上口套。

　　本書談的反而是你的外在作者。大量寫作是關於目前未做卻很容易做到的行為：訂時間表、設定目標、掌握工作情況、給自己酬賞，以及建立良好習慣。高產量的作者沒有特殊的天賦或特質——他們只是花更多時間寫作及更有效利用時間（Keyes, 2003）。改變你的行為不一定會使寫作更有趣，但是會更輕鬆、更無壓迫感。

一、寫論文很難

　　你可能喜歡做研究。很奇怪，做研究是有趣的事情，它牽涉到討論想法，而找出驗證想法的方式在知識上會令人滿足。資料的蒐集也有樂趣，尤其在別人為你蒐集資料時。甚至資料的分析也很有趣——了解研究是否有用是令人興奮的事。但是寫研究論文並不有趣：它令人覺得挫折又複雜無趣。William Zinsser（2001）寫道：「如果你發覺寫作很難，那是因為它很難」（p. 12）。要寫一篇期刊論文，你必須把複雜的科學概念、研究方法的細節，以及統計分析塞進緊湊的文稿之中。這很不容易，尤其你已知道匿名的評審會把文稿像髒地毯一樣地猛打。

　　由於資料蒐集比資料敘述更容易，許多教授都有不見天日的研究檔案。他們打算「有一天」發表這些資料——「第某個十年」發表可能更實際。因為教授們苦於寫論文，他們渴望著週休三天、春假、國定假日和暑假，但是到了週休三日之後的星期二，他們又發牢騷哀歎自己寫得太少。在人多的大系，暑假後的第一週充斥著喋喋不休的悲嘆自責，而這種渴望與失望的可悲循環，在人們尋找下一大段時間時又重新開始。心理學家通常發現，他們最有空的時間是週末、晚上和假日，寫作占用了應該被用於重要休閒活動的時間，例如和親朋好友相處、煮個小扁豆湯，或者給小狗織給耶誕帽。

　　再者，真不巧，寫論文的標準比從前更高了。更多心理學家向更多的期刊投更多的稿件；更多的研究者為減縮中的經費補助而競爭。學院院長和系主任期望論文產量高於以往。以往在耶誕期間，如果教師們正好提交補助款，快活的教務長會覺得高興；但現在，冷酷的教務長在耶誕期間則期望新教師也提交補助款。有些系所現在把教師必須獲得補助經費列入升等及終身職的條件。在研究取向的大學校院，論文產量低落是教師未得到

終身職或升等的原因；即使教學取向的小型學院也已經提高對發表學術著作的期望。所以，現今很難在心理學學術領域展開生涯。

二、我們目前學到的方式

　　寫作是一種能力，不是天賦或特殊才能，如同任何進階的能力，寫作必須透過有系統的教導和實作來發展。人們必須學會規則和策略，然後練習之（Ericsson, Krampe, & Tesch-Römer, 1993）。心理學研究已經發現，刻意的練習可以養成能力，但這項知識尚未被應用到寫作的訓練，若把寫作的教學和其他專業能力的教學相比較即可得知。由於教學是困難之事，因此我們訓練研究生來教學，他們通常修讀一學期的「教學心理學」之後，就透過擔任教學助理來練習教學。許多研究生每學期都擔任助教，後來再成為有技巧的教師。統計學和研究方法很困難，因此我們要求學生在這些科目上修讀幾個學期由該方面專家所教的高階課程，於是經過幾個學期之後，有些學生會熟練複雜的研究方法。

　　心理學領域如何訓練研究生寫論文？最常見的訓練模式是假設研究生會從指導教授學到如何寫作，但是許多指導教授自己就苦於寫論文，他們抱怨找不到寫作時間、巴望著春假和暑假——這像是盲人帶盲人。但這不是他們的錯：就像其指導的學生，大學教授也必須學習「實際的」寫作能力。有些系所會把寫作列為專業能力課程的一部分，雖然這類課程有其價值，但卻忽略了寫作動機的難以維持，而錯把焦點放在經費申請計畫的寫作和基本的體例上。研究生畢業之後，不再有指導教授追著他們寫完半完成的稿件——他們必須有能力自己開始和結束研究計畫。筆者認為，我們對下個世代的作者有更多期望但卻無法訓練他們符合更高的標準，是令人遺憾的事。

三、本書的取向

　　寫學術論文的過程會變成歹戲拖棚的情況。教授們覺得被半完成的稿件所壓迫，抱怨來自期刊審查的冷酷拒絕，在截止日前夕氣喘吁吁地勉強提交經費申請計畫，幻想著寫論文的平靜夏日，以及詛咒會妨礙其論文產量的不愉快學期初。心理學已經夠戲劇化——我們不需要這種爛戲。所有這些習慣都很不好，寫學術論文應該比實際上更例行化、更枯燥、更庸俗。為增強庸俗的寫作觀，本書不談「寫作的靈魂」、非教派的「寫作精神」，乃至世俗的「寫作精髓」。只有詩人才討論寫作的靈魂，你應該像正常人一樣地寫作，不要像詩人，也當然不要像心理學家。本書不談任何人都有的「防衛」或「逃避」的不安全感，請到附近書店去找這方面的自助類書。《你就是論文寫手》把寫作視為一套具體的行為，例如：⑴坐在單人椅、長條椅、凳子、矮腳條椅或一塊草地上；以及⑵手指啪啦敲擊鍵盤以產生各段文字。你可以利用簡單的策略來強化這些行為，任其他所有人去拖延、做白日夢或抱怨——把你的時間花在坐著打字吧！

　　在讀這本書時，請謹記寫作不是比賽或遊戲。想寫多少就寫多少，不要覺得應該寫的比想的更多，也不要為了發表而寫出貧乏無意義的論文。不要誤以為著作多的心理學家就有很多想法，心理學家會為了許多理由發表論文，但是科學知識的傳播是最好的理由。發表是科學研究過程最自然而然的必要終點，科學家透過文字來傳達知識，而出版的論文建構了心理學關於人的特質和行為動機的大量知識。心理學家覺得寫作令他們受挫——他們希望寫得更多也希望寫作變得更容易，因此本書適合他們使用。

四、展望

　　這本小書對於如何成為論文寫手提供實用的個人看法。第二章會審視人們不寫論文的某些不良理由，筆者將指出這些障礙並不影響寫作量，以解決這些看似有理的障礙，然後以訂出寫作時間表的方式，介紹分配寫作時間的策略。第三章針對執行寫作時間表提出激勵動機的工具。你必須學習如何設定良好目標、排出優先順序以同時管理許多計畫，以及監控自己的寫作進度。為增強新習慣，你可以開始和朋友進行小組寫作。第四章指出如何為了樂趣和利益而建立失寫症團體——強化有建設性的寫作習慣的社會支持團體。第五章說明寫好論文的策略，寫得很好的論文和經費申請計畫在滿滿一大堆的平庸論文和計畫之中顯得突出，因此你必須盡力寫好論文。

　　第六、七章談大量寫作原理之應用。第六章針對投稿心理學期刊的論文寫作提供實戰觀點。我們可能不喜歡閱讀科學期刊，但是必須寫這方面的論文。論文產量多的學者告訴筆者他們如何寫期刊論文，重要期刊的編輯則告訴筆者他們想要從論文中看到什麼。第六章討論和論文發表之庶務有關的常見問題，例如，如何寫致編者的附函、如何與合著者合作。第七章說明如何寫學術類書，因為心理學只有少數啟發專書作者的參考資料，因此筆者就如何寫書提出個人的看法，並且說明如何和出版商合作。第八章則以某些勉勵的話語總結這本小書。

第二章

影響大量寫作之肖似合理的障礙

　　就像是修理下水道或經營葬儀社，寫作是冷酷的工作，雖然筆者從未打扮得像行屍走肉一樣，但我確定為屍體防腐比寫一篇關於它的論文更容易。寫作很難，這是為什麼許多人都很少寫作的原因，如果你正在閱讀這本書，你可能了解受挫的感覺。當筆者和教授及研究生討論寫作的問題時，他們總是提到某些障礙，他們想寫更多論文，卻相信有一些事情會阻礙他們。筆者把這些事情稱為「肖似合理的障礙」（specious barriers）。首先，它們似乎是不寫論文的正當理由，但卻經不起批判的審視。本章檢視影響大量寫作的最常見障礙，然後說明克服這些障礙的簡單方法。

一、肖似合理的障礙一

　　「我找不到時間寫論文」，或者「只要能找到一大段時間，我就可以寫得更多」。

　　這個肖似合理的障礙注定成為學術界的經典名言。我們都說過這句話；

有些受挫的作者則已經把它提升為主導人生的主題。但就像「人只使用10%的大腦」的信念，這是似是而非的想法。如同大多數的錯誤信念，此障礙不斷存在是因為它令人安心，使人再次確信環境和你作對，以及如果時間表上有大量可致力於寫作的時間，你就能夠大量地寫。同系的同事了解這個障礙，因為他們也很難找出時間寫作。和同事同調會奇妙地起安慰作用，宛如在挫折感的寒光之下一起曬太陽。

為什麼這個障礙肖似合理？其關鍵在於「找」這個字。當人們承認這個肖似合理的障礙時，筆者把他們想像成在自己的時間表上漫遊的自然學家，他們正在找尋最獨特隱秘的「寫作時間」之獸。你需要「找出教學時間」嗎？當然不必──你有課表，而且從不缺席。如果你認為寫作時間潛伏在某處，深藏在每週的時間表之中，你永遠無法大量寫作。如果你認為只有到了春假或暑假的一大段時間才能夠寫論文，你永遠無法寫很多。「找出時間」是對寫作的無益想法，永遠別再這麼說。

與其找出寫作時間，不如分配寫作時間。高產量的作者會訂定時間表，然後執行之，就這麼簡單。現在，花幾分鐘思考你想要有的寫作時間表，思考你的一週作息：每週通常都有幾個小時的空閒嗎？如果週二、週四有課，可能週一、週三的上午是寫作的好時間。如果你在下午或晚上時段覺得最有精神，可能較晚的時段對你最合用。由於受其他事情約束，每個人都會有不同的最佳寫作時段。秘訣在於規律，而非天數或時數，如果你選擇每週一天或週一到週五，都沒有關係──只要找出規律的時段，把這些時段寫在週曆上，然後在這些時段寫作。一開始，每週只分配四個小時，在看到寫作量如天文數字般增加之後，你總是可以再加上幾個小時。

當筆者在談寫作時間表時，大多數人都會問到我自己的時間表（有些人一定會問，好像期望我會聳聳肩說：「嗯，時間表的執行，說比做更容易。」）。我在週一到週五的上午八時到十時寫作。起床後沖杯咖啡，我就會坐在書桌前。為避免分心，在寫作之前，我不檢查電子郵件、不淋浴也不換衣服──實際上一起床就開始寫，寫作起迄時間會有點不同，但每

個工作天大約花兩個鐘頭寫作。我不習慣早起，但早上很適合寫作。在把全部精力放在檢查電子郵件，以及與來訪的學生、同事談話之前，我可以把某些寫作工作先處理好。

大多數人都使用無生產力又浪費的「狂寫」（binge writing; Kellogg, 1994）策略。在想要寫作、拖延未寫，以及對拖延覺得內疚及焦慮之後，狂寫者終於把星期六的時間全花在寫論文上。這樣做寫出了一些內容也紓解了內疚，然後狂寫的循環過程又重新開始。比起按時寫作的人，狂寫者花更多的時間對沒有寫作覺得內疚及焦慮。當你照表操課，就不會再擔心沒有寫、抱怨找不出時間寫，或者沉溺在幻想暑假過後會寫了多少。你反而會在分配的時間內寫作，然後忘掉這些擔心。我們有比寫作更重要的事需要擔心，筆者會擔心自己是否喝了過多的咖啡，或者我的狗有沒有喝了後院臭水池的水；但我不擔心找出時間寫這本書：我知道明天早上八點我就會去寫。

當面對自己無效的方式時，狂寫者常常會提出自我拆台的個性歸因（dispositional attribution）：「我本來就不是那種會訂時間表然後照實執行的人。」當然這是胡扯，當不想改變時，我們喜歡以個性來解釋（Jellison, 1993）。那些聲稱自己「不是那種會訂時間表的人」，有時候卻很擅長訂時間表：他們總是在相同的時間授課、上床睡覺、看喜歡的電視節目等等。我遇過每天無論晴雨都定時慢跑的人，但他們卻聲稱自己沒有每日力行時間表的意志力。在開始之前不要放棄——訂時間表是大量寫作的秘訣所在，如果你不打算訂時間表，那就把這本書輕輕闔上，把它清理得像新書一樣，然後當成禮物送給想要成為更好寫手的人。

你必須堅決保衛寫作時間。請記住，你是在分配寫作的時間，而不是找出寫作時間，而且某個時段是寫作時間是由你決定的。寫作時間不是和同事、學生或指導教授會面的時間；不是批改論文或準備授課的時間；當然也不是檢查電子郵件、閱讀新論文或查詢氣象報告的時間。中止網路連線，掛掉電話，把門關上（筆者通常會在門口掛上「請勿打擾」的告示，

但是人們常解釋成「他關了門，但想要我知道他在裡面，所以我會敲門。」）。

　　要事先警惕自己：其他人不會尊重你對寫作時間的承諾。好意的打擾者想要和你約定會面時間，他們不會理解你為什麼拒絕。他們會對你的固執不滿，說你太頑固，而且認為你不見他們是有更重大的原因。就筆者而言，常見的問題是研究生想要把論文指導時間訂在上午九點——這個時間對他們很方便，但卻是我的寫作時間。同樣地，我曾經擔任過某些服務型委員會的成員，而整個團體的唯一開會時間就是我的寫作時間。

　　你要如何處理好意的打擾者？其方法就是說「不」。這句話可能無法使人不碰毒品，或者使 Nancy Reagan 完全改觀，但是能有效保護你的寫作時間。你有兩個說「不」的好理由。首先，只有不良的寫作者才會對你的拒絕不以為然，我尚未碰過認真的寫作者不尊重我對寫作時間的承諾。他們可能不高興我無法在他們偏好的時間約談，但他們了解排定時間是大量寫作的唯一方法（這些人也會拒絕在他們排定的寫作時間內與我會談）。會發牢騷抱怨的是那些沒生產力的寫作者，不要捲入他們的壞習慣之中。其次，喜歡打擾你寫作時間的人，永遠不會打擾你的教學時間、和家人相處或睡覺時間，他們只是把你的寫作時間看成次要事情。如同專業的大學教師，心理學研究者也是專業的作者。因此，要把排定的寫作時間視同是排定的教學時間，拒絕那些好意的打擾者，然後說明你為什麼不能（是「不能」，非「不會」）打破自己對寫作時間的承諾。如果拒絕會讓你覺得很糟，那就說謊。如果說謊會讓你覺得很糟，那就採用你在研究所學到的蒙昧主義（obscurantism）：聲稱自己有「一再難卸的義務」或「之前受拖累的一時安排」。

　　你必須總是在固定時間寫作，但不必固執地只限於該時段才寫。如果你在該時段之後仍繼續寫，或者非寫作日也會寫——我稱作「意外的寫作」，這是極好的事。養成的習慣一旦發揮效用，坐下來寫作就變得更容易。但請留心意外的寫作是否有取代固定寫作時間的傾向。春假期間你寫

了多少並不重要——重要的是對定時寫作的承諾及力行不輟。如果發現自己說出類似「週末寫了很多，因此我要跳過週一排定的寫作時間」的謬語，這本書可以提供幫助：把書闔起來，用非慣用手的拇指和食指拿著，然後在自己眼前帶著威脅之意揮動幾下。

也許你會對排時間表的想法覺得驚奇，「這真的是訣竅嗎？」你問道。「是否有其他的大量寫作方法？」答案是沒有——訂時間表然後如實執行是唯一方法，沒有另一個大量寫作的方法。在徹底研究過成功作者的工作習慣之後，專業作家 Ralph Keyes（2003）指出：「使作家有生產力的原因就是天天坐下來寫」（p. 49）。如果每週分配四個小時用於寫作，你會對自己的產量感到驚訝。這裡的「驚訝」指的是「震驚」，而「震驚」指的是無條理地嚇呆。你會發現自己投入無法想像的反常行為，例如提早完成經費申請的計畫。你會收到修改論文再投稿的邀請，而且能在一週之內就改稿完成。你會害怕和同系的朋友以畏懼的心情談論寫作，他們說：「你不再是我們的一份子了」——他們是對的。

二、肖似合理的障礙二

「首先，我需要做更多分析」，或者「我需要再讀一點期刊論文」。

這個最暗中為害的肖似合理障礙曾造成巨大破壞。首先，此障礙似乎很合理，你可能會說：「畢竟，你無法不做統計或閱讀大量論文而寫出期刊論文。」的確，但我曾遇過某些沒產量的作者把這個肖似合理的障礙當成咒語般唸誦。這些作者的同事起先還尊重他們，認為他們是完美主義者或著迷於資料分析。但是他們從未寫很多論文，也從未做過那些資料分析。狂寫者也是狂讀者和狂做統計者，這些壞習慣使他們無法寫作，也使他們

無法做寫作前的準備（Kellogg, 1994）、閱讀、摘要重點、產生想法，以及為寫出內容做必要的資料分析。如同所有的肖似合理障礙，這個障礙經不起檢視。

拉開這塊嘎嘎作響的支柱很容易：在分配的寫作時間內做任何你需要做的事。有必要再嘎吱咀嚼更多統計數據嗎？在固定的寫作時間時這麼做。有必要逐頁校讀嗎？在固定的寫作時間時這麼做。有必要閱讀關於寫作的書以獲取建議嗎？你知道何時去做。寫作不只是打字：任何有助於完成寫作計畫的行為都可視為寫作的工作。例如，在寫期刊論文時，筆者常花費幾段連續的寫作時間做分析。有時我把整段寫作時間花在不起眼的工作上，例如瀏覽期刊投稿須知、製作圖表或逐頁校讀文章。

這就是排時間表為什麼是大量寫作的唯一方法的另一個理由。專業寫作包含許多要素：廣泛的文獻探討、研究資料的詳細分析，以及對研究方法的精確陳述。如同永遠無法「找出時間」寫文獻探討，我們永遠無法「找出時間」檢索及閱讀所有必要的期刊論文，因此，要使用排定的寫作時間來做這些事。關於找出時間閱讀這些論文或做分析，你不會再覺得有壓力，因為你知道何時會做這些事。

三、肖似合理的障礙三

「為大量寫作，我需要一台新電腦」（或者「雷射印表機」、「好椅子」、「更好的書桌」）。

在肖似合理的障礙之中，這個障礙最無可救藥。筆者不確定人們真的相信這個障礙：不像其他的障礙，這個障礙可能只是藉口，而我的個人故事可能可以消除這個障礙。在讀研究所期間我開始認真寫作，我從同學男友那裡買了一部舊電腦，這部電腦從一九九六年的標準來看算是史前產物：

沒有滑鼠、沒有微軟作業系統，只有鍵盤和 DOS 版的 WordPerfect 5.0 軟體。它損壞之後，我的一些檔案也不見天日，後來我買了一部手提電腦，用它拚命打字。在寫這本書時，我用的是早在二○○一年就買的慢速不穩定東芝手提電腦——在電腦時代我的手提電腦享有社會福利保障（譯註：暗喻其功能不佳）。

　　將近八年時間，我使用金屬折疊椅當做正式的寫作椅。這張折疊椅老舊之後，我以更時髦但同屬舊款的玻璃纖維椅取代之。它是簡單的椅子：未包覆皮套也沒有填塞物，無法彈整高度也無法傾斜。為滿足讀者的好奇心，圖 2-1 顯示的是我的寫作區，其中有一張簡單的大書桌（請注意它缺少抽屜、鍵盤托盤、花俏的懸式檔案架等等），放著雷射印表機和咖啡杯墊。把錢揮霍在這張藍點（Blu Dot）的書桌之前，我有一張價值十美元的塑合板折疊桌，為了增加時尚感，我用一條值四美元的桌布蓋著。我就坐在折疊桌旁的折疊椅寫了「興趣」為題之書的大部分內容（Silvia, 2006）和大約二十篇期刊論文。

圖 2-1　這本書的寫作區。

　　沒產量的作者往往哀嘆缺乏「他們自己的寫作空間」。筆者不同情這種吱嘎作響的藉口，我從未把自己的房間當作辦公室或私人的寫作空間，在一排狹小的公寓和平房裡，我在客廳的小桌上、自己房間、客房、主臥室，乃至（短暫在）浴室裡寫作，而這本書是在我屋內的客房寫的。即使現在已寫完每一本書及期刊論文，而且買了房子之後，在家裡我還是沒有自己的寫作空間，但是我不需要——因為總是有空的浴室。

　　我聽過無數狂寫者抱怨印表機是寫作障礙。「但願我家有一部雷射印表機，」他們語帶渴求地抱怨，但卻不了解印期刊論文無法像印鈔票——印表機只能輸出你坐下來寫的東西。我愛我的雷射印表機，認真的寫作者都應該買一部，但它不是必備物。T. Shelley Duval 在和我合寫關於自我覺察的書時（Duval & Silvia, 2001），我有一部古老的噴墨印表機，他則沒有印表機。用噴墨印表機印一本書稿要花很長的時間；黑色墨水用罄之後，我們的原稿印出的是藍綠色和褐紅色。

　　如果沒產量的作者抱怨他們在家無法高速上網，我向他們的合理判斷致賀，細看圖 2-1 可以發現，並沒有網路電纜線連接到電腦。我太太在自宅辦公室可以高速上網，但我什麼都沒有。上網使人分心。寫作時間就是為了寫作，不是為了檢查電子郵件、閱讀新聞，或者瀏覽最新出版的期刊論文。有時我認為在寫作時下載期刊論文會很不錯，但是我可以在辦公室下載，因此最佳的自我控制方式是避免需要自我控制的情況。

　　William Saroyan（1952）寫道：「針對寫作，一個人所需要的只有紙和筆」（p. 42）。設備永遠無法幫助你大量寫作；只有訂時間表及照實執行會使你成為高產量的作者。如果你不採納我的話，請思考 Bill Stumpf 最近接受的訪談。身為家具設計界的傳奇人物，Stumpf為 Herman Miller公司設計產品，而這家公司是高檔辦公室家具的領導者。Stumpf最知名的成就是艾隆（Aeron）人體工學椅的共同設計者，那可能是歷來最酷的辦公椅。但身為作家（Stumpf, 2000），他知道家具的幫助有限，他說：「我不確定一件家具和生產力之間有直接的相關，」並且補充道：「我確信 Herman

Miller 公司不想聽到我這麼說」（Grawe, 2005, p. 77）。

四、肖似合理的障礙四

> 「我在等待想動手寫的時候，」或者「有靈感時我會寫得最好」。

　　最後一個肖似合理的障礙最好笑、最不理性。筆者常常聽到以各種無法理解的理由拒訂寫作時間表的人提到它。他們說：「有靈感時我會產生最佳作品，因此，沒有心情時試著寫作是無用的，我必須要覺得想寫。」受挫的寫作者這麼說真是有點滑稽，這就像有菸癮者辯稱吸菸能幫助他們放鬆，即使尼古丁戒斷首先會造成緊張感（Parrott, 1999）。當苦惱的寫作者為無意訂時間表辯護時，其實是在辯護造成其苦惱的起因。如果你認為自己應該只在想寫的時候才寫，請問問自己一些簡單的問題：這個策略目前效果如何？你對寫作量感到滿意嗎？你對於找出寫作時間或寫完半完成的計畫，覺得有壓力嗎？你會為了寫作犧牲晚上或週末時間嗎？

　　這個障礙很容易破除：研究已顯示，等待靈感是無用的。Boice（1990, pp. 79-81）曾進行一項對所有等待靈感的狂寫者都有深遠影響的研究。他徵集一群苦於寫作的大學教授作樣本，然後隨機指派他們使用不同的寫作策略。處於節制狀況者除了寫急需的論文之外都不寫作；處於自動自發狀況者有五十段寫作時間，但只有覺得有靈感時才寫；處於權變管理（contingency management）狀況者也有五十段寫作時間，而且每個時段之間被要求也要寫（如果沒有寫，他們必須寄一張支票給不喜歡的組織）。研究的依變項是每天所寫的頁數和產生的創意想法數量。圖 2-2 顯示 Boice 的發現。首先，處於權變管理狀況者寫得最多：他們的寫作量是自動自發狀況者的 3.5 倍，是節制狀況者的十六倍。「想寫才寫」的人其寫作量比被告知完全不必寫的人略多——靈感的效果被高估了。其次，強迫寫作可以

增進寫作的創意。被強迫寫作的人其創意量一般而言是一天一則，處於自動自發狀況者是兩天一則，而處則節制狀況者則是五天一則。動手寫作會產生關於寫作的好點子。

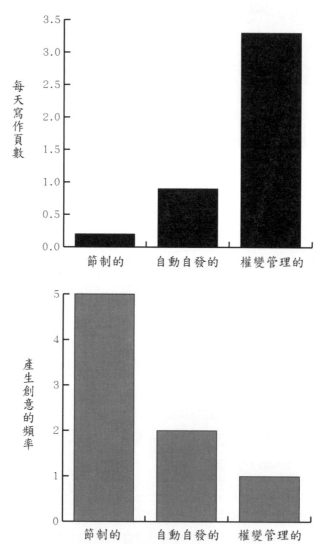

圖 2-2　不同寫作策略的效果：⑴每天寫作的頁數；⑵產生寫作創意的頻率眾數。資料來源：Boice（1990, p. 80）。

　　有些類型的寫作很令人不悅，以至於一般人都不喜歡寫。哪些人會很熱衷於撰寫經費申請研究計畫？誰會一早醒來急著寫「具體目標」和「結盟的（或契約的）協定」？除了無法付錢請會計師代做之外，寫經費申請計畫就像報稅。如果你的心情會被想閱讀衛生與公眾服務部（Department of Health and Human Services）Grants.gov 網頁的申請須知 SF424（R&D）所吸引，你不必讀這本書。但如果你像其他人一樣要完成經費申請研究計畫，你所需要的不只是「想要寫」的動機。

　　苦於「等待靈感」的寫作者，應該務實進到學術寫作的真實混亂情況。古希臘人對詩歌、音樂和戲劇都分派了繆斯女神，卻沒有提到以 APA 格式撰寫期刊論文的繆斯。學術研究者並不創作高水準的文學作品，我們不會有書迷潛伏在舉行研討會議的旅館外，希望拿到我們的簽名或近期的《人格與社會心理學學報》（*Personality and Social Psychology Bulletin*）。我們從事的是有技術、有專業的寫作。有些學術著作較不嚴格——像是教科書或本書，但即使是這類著作都可歸結為對讀者傳授有用的資訊。學術寫作很重要是因為它實用、內容清楚又以概念為架構。

　　Ralph Keyes（2003）曾指出，偉大的小說家和詩人——我們認為他們應該是等待靈感的人——不接受有靈感才寫作的想法。多產的 Anthony Trollope（1883/1999）寫道：

> 有些人……認為靠想像力工作的人應該會等到靈感來了才工作。當我聽到這種教條式的說法時，我幾乎無法壓抑自己的不屑感。對我而言，如果鞋匠要等有靈感時才做鞋子，或者做羊脂蠟燭的人要等待羊脂溶化的神聖時刻，這是最荒謬的事情……有人曾告訴我，對寫書而言最確實的幫助是座椅上一塊補鞋用的蠟。我對補鞋蠟的信任當然多過靈感。（p. 121）

這些偉大的作家到底如何寫作？請猜猜看。無論是寫小說、非小說、詩或

戲劇，成功的專業作家其產量高是因為經常寫作，通常每天都寫。他們不接受必須心情適合才寫的想法，就如 Keyes（2003）所言：「認真的作家不管有無靈感都會動手寫。經過一段時間之後他們發現，例行寫作是比靈感還要好的朋友」（p. 49）。有人可能會說，那是因為他們訂了時間表而且遵行。

五、結語

本章以冷靜的批判角度檢視某些常見的寫作障礙。我們都曾經沉溺在這些安樂毯之中，但是包裹在毯子裡很難打字。如果你依然抱著這個障礙不放，請重讀本章直到認識訂時間表的驚奇好處。除非接受訂時間表的原則，否則本書無法幫助你，因為大量寫作的唯一方法就是定時地寫，無論你是否想要寫。訂定寫作時間表之後，請閱讀下一章，該章說明促進遵行時間表和更有效率寫作的簡單動機工具。

第三章

動機工具

前一章破解了某些不寫論文的錯誤理由，其傳達的訊息很清楚：根據時間表寫作。時間表是多產作者之所以成功的原因，也是任何人都可以大量寫作的原因。不過，也許你在排定的時間內沒做多少事：你坐下來，手邊有咖啡和電腦，但你不確定要寫什麼。改進過的狂寫者通常不知道如何管理寫作時間，因為他們習慣受到截止日期和內疚感驅使，他們缺乏設定目標、同時管理幾個寫作計畫，以及遵行時間表的經驗。本章說明某些增強動機和寫作產量的工具，這些工具以按時寫作為先決條件，如果尚未訂出時間表及承諾執行，那麼你可以把狂寫的頑固習性加到狂寫的特質之中。

一、設定目標

學術界人士也和商界人士一樣喜歡談論目標。有些學術界人士如此醉心於目標、計畫和策略性規劃，所以他們成為院長或教務長。目標得到應有的注意是應該的，明確的目標有直接激勵之效：使人能夠做計畫、採取起作用的行動，以及在達成目標時覺得驕傲（Bandura, 1997）。缺少明確

的目標，人的行動會很散亂又無方向（Lewin, 1935）。為了大量寫作，你必須澄清寫作的目標。這不像看起來那樣簡單，因為計畫常常由於目標設定不當而失敗。發展正確的目標類別會使你成為更有效率的作者。

如何設定適當的目標？第一個步驟是了解，設定目標是寫作過程的一部分。把某個寫作時段用於發展及設定寫作目標是個好主意；我通常每個月做一次。做計畫是寫作的一部分，因此寫作量大的人也會做很多計畫。第二個步驟是列出你的寫作計畫目標——這些目標是需要寫下來的個人預測，其例子包括修改論文及重新投稿、寫新的論文、寫合著書中的某一章、修改去年著手的半完成論文、撰寫經費申請計畫，以及寫一本書。

你想要寫什麼？改進過的狂寫者初次設定目標時，某個計畫總是躍然紙上——通常是他們過去三個月所避免又害怕的計畫。當然要把這個目標寫下來，但是不必停下來。接下來幾個月你還想寫些什麼？其間是否有經費申請計畫的申請截止日？你的檔案匣有任何未出版的實驗報告值得被列入同儕審查通過名單嗎？你是否有一直想要寫的評論性論文？請放下這本書，取一張紙，然後漫無限制地列出你的寫作計畫目標。

在設定一串寫作計畫目標之後——可能是一長串目標，你必須把這些目標寫下來。再走一遍目標設定的過程會浪費你的寫作時間，因此，找個白板或告示板放在你的寫作工作區內，然後很驕傲地展示你的目標清單。面對這一長串的寫作目標時，狂寫者可能會覺得焦慮，但是你有時間表可運用。狂寫者問：「我要完成所有目標嗎？」；有紀律的寫作者則氣定神閒地猜想，要花幾個星期才能完成清單上的寫作目標。劃掉已完成的目標會令人覺得滿足，如果符合自己的作風，你可以用笑臉貼紙取代劃線。

第三個步驟是為每天的寫作設定具體目標。在寫作時間坐下來朝向目標努力時，你必須把目標劃分成更小的單元。「重新投稿」是合宜的計畫目標，但是對實際寫作而言這個目標太大了。在寫作時間開始時，先花幾分鐘時間想想如何完成今天的寫作。「寫那篇論文」是太概括的目標，你需要當日的具體目標。以下是每日目標的一些具體實例：

1. 至少寫兩百字。
2. 印出昨天寫完的草稿，加以閱讀並修改。
3. 訂出新的寫作計畫目標，然後寫在白板上。
4. 寫出綜合討論一節的前三段。
5. 補上遺漏的參考文獻，然後統一內文引註和參考文獻的格式。
6. 重讀Zinsser（2001）之書第二十二到二十四章，以增強寫作能量。
7. 完成昨天開始的「目標設定」部分。
8. 用腦力激盪方式為新的論文列出大綱。
9. 重讀評審對我的論文之意見，然後列出需要更改的事項。
10. 修改校對稿然後寄回去。

　　有些人會對帶有字數或段落數的目標感到驚訝，但請記得，這些都是具體目標。類似「修改及重新投稿」之類的抽象目標很難找到立足點，但是我們很容易理解如何寫出至少兩百字——就是坐下來打字。才華無法壓抑的 Anthony Trollope 在寫作時手上戴著錶，他的具體目標是每十五分鐘寫兩百五十個字（Trollope, 1883/1999）。要養成習慣去設定每天寫作的焦點具體目標，它們可以避免對於該做什麼及如何做的困惑。

二、訂出優先事項

　　現在，你已經有一串寫作計畫目標，而在所有的目標之中，哪一個應該先寫？我問過寫作量很大的同事，請教他們如何訂出優先事項。以下是一份簡單的清單——大致是筆者自己的和典型的優先事項之折衷。請利用這個例子寫下你自己的優先事項，或許可以寫在計畫目標旁邊。

1. 檢查校讀過及編輯過的稿件

這看起來幾乎是每個作者的優先事項，而且理由充分。檢查校讀結果是出版前的最後一個階段，不同於大多數的學術寫作工作，檢查校讀有明確的期限。出版商會要求你快速檢查校讀過及編輯過的稿件，通常要求在四十八個小時內完成。在整整花費幾個月（或幾年）蒐集資料及寫稿之後，為什麼要耽擱你自己的論文？應該快快把它做完。

2. 在截止日前完成寫作計畫

大多數的寫作任務都沒有截止日期，因此有期限的寫作計畫應該比沒有期限的更優先。有期限的寫作計畫包括合著書的章節、經費申請計畫和行政文書。有些是有明確截止日──大多數經費補助單位都不接受只遲了一天的計畫，有些則較有彈性。就個人而言，筆者不把這件事列為優先事項，因為我不像以前那樣被截止日折磨。如果遵行寫作時間表，你就會早一點完成工作。對狂寫者是最大動機增強物的截止日，對有紀律的按時寫作者而言則是無關之事。

3. 修改論文以重新向期刊投稿

大多數投稿的論文都會被拒絕。如果你的運氣好到被要求重新投稿，不要浪費掉。和寫新論文比較，期刊對修改論文的要求近似於出版社，所以修稿重投應該有更高的優先順序。

4. 評審論文或經費申請計畫

這是有爭議的事項，因為我發現同事們對於寫評審意見應否列入優先事項的共識很薄弱。有些人認為寫評審意見應該是優先序高的非寫作任務，值得在固定寫作時間之外很快做完；有些人則漠視評審的工作，而且傾向於拖延撰寫。筆者認為寫評審意見是有意義的事，因此將其列為較高優先

事項。同儕評審的過程只有在同儕做出評審時才有用，而心理學界的論文評審過程都很慢，這對該領域的科學任務造成了損害。如果每個人寫評審意見的速度快些，那麼大家都會是更快樂的作家。很快寫出評審意見也會幫你贏得編輯的好感，而這些編輯一向都被慢吞吞的評審所激怒。相同的情況也發生在經費申請計畫方面：許多計畫的成敗關鍵都在於評審，因此這有必要做得又快又好。

5. 開始寫新的論文

論文的發表始於寫出論文初稿。對狂寫者而言，從基礎開始寫起是件困難的事，他們的寫作分散在幾個月的時間中，文獻分析和資料分析也是狂寫完成的。如果遵行時間表，寫新論文比較簡單（相對於經費申請計畫、專書、修改的論文）。第六章將針對寫實證論文提供有幫助的訣竅。

6. 寫雜項文章

這是針對不得不寫的不重要文章之無所不包事項，例如為學會通訊而寫的短文。在主要寫作計畫暫時停頓時，手邊有一些可以小小補綴的有趣次要計畫，是有幫助的。

幾乎筆者訪談的每個人都提到，他們會把和研究生合寫論文列為特別優先事項。例如，他們通常會把自己的時間花在修改論文重新投稿，但如果研究生是合寫者，就會優先投入新論文的撰寫。這是合理的建議，因為我自己也會把非主寫者的論文寫作列為優先事項。你曾經寫了初稿，把他送給第二、三位作者看，然後從此沒收到回音嗎？論文被速度慢的合著者卡住會令人發狂，尤其他或她不必負擔寫很多內容時。狂寫不是好事，但是以狂寫來完成合著，更糟。

比起大學教師，研究生應該有不同的寫作優先事項。以下的優先事項清單源自於訪談最近畢業的幾位成功的研究生。

1. 有截止期限的寫作計畫

研究所有許多有繳交期限的寫作事項，例如修課或研討會要求的論文。許多學生抱怨修課的指定作業耗掉了可用於其他重要計畫的寫作時間，例如寫碩士論文。的確如此，但是繳交期限歸繳交期限，這些論文對於學術寫作的實務而言是很好的練習。此外，如果你需要更多時間來寫作，只要在每週的寫作時間表上多增加幾個小時即可。經費申請計畫——例如支助研究生訓練的獎助金——也有繳交期限，而它們很值得努力以赴。

2. 課程有關的寫作

在研究所，你會有符合學位課程的寫作計畫：通常是碩士論文、綜合考試或資格考試論文，以及博士論文。你必須完成這些論文才能畢業，因此要盡快去做。這些寫作計畫有時候會產生可出版的論文，因此許多學生可以把課程作業整合到寫真正的專業論文之中。

3. 專業的出版物

如果研究論文的發表經過同儕評審又可查閱得到，才可算是科學研究。完成碩士論文又得到評審教授的喜歡是極好的事情，但是科學界必須能夠找到及審視這篇論文。品質高的博碩士論文應該投稿到專業期刊，再者，你應該有志於不只發表博碩士論文而已。要掌握每一個參與研究計畫和寫作計畫的機會，而如果你有遵行寫作時間表，你將成為同學之中最多產的學生。

4. 其他寫作

研究生常常會有驚人的雜項寫作量，例如寫書評、向學報或學會通訊投稿。如同所有的寫作，這類寫作是很好的練習也值得花時間，但它們不比有同儕評審的、列計表現的專業出版品更重要，例如期刊論文或專書章

節。如果面對兩種選擇機會，一定要給專業寫作更高的優先序。

在談論訂出優先事項時，人們常常會問：「如果我沒有東西可寫，會怎麼樣？」大學教授沒有「東西」可寫是很稀奇的事，相反地，我所認識的大多數大學教師都有大量未見天日、積壓著的未出版資料。蒐集資料很容易；寫出這些資料則很難。如果你十年前做過實驗卻未曾發表實驗結果，在沒東西可寫之前你可以忙上一陣子。再者，寫作生生不息，如同 Boice（1990）的發現，和只在想寫時才寫的人比較，定時寫作的人寫出更多創意（見第二章）。如果你認為自己沒有東西可寫，請把某個寫作時段花在設定一套新的計畫目標。

但實際上研究生會發現自己目前並沒有寫作計畫，其原因可能是埋首寫碩士論文，無暇顧及其他，或者才剛開始修讀研究所。別害怕：你有兩個很好的選擇機會。首先，讓自己投入一個持續進行的寫作計畫。如同大多數教授，你的指導教授可能正苦於寫論文，而且手頭上有幾個停頓的寫作計畫。你可以信步走進他（她）的辦公室說：「我最近在讀一些關於如何改進論文寫作的書，其中一本書建議可以來向您請求提供一些寫論文的機會。如果您有任何論文需要撰寫或有一些資料需要提交，我很願意幫忙。」很有可能你的指導教授會東拉西扯地劈啪講個不停，因為大學教授都希望研究生能更主動地研究及寫論文，你想要投入幫忙會讓他（她）很高興。

另一個解決沒有東西可寫的方法是，針對你的專業發展來善用定時寫作時間。我在讀研究所時學到的最佳訣竅是「不斷地找時間思考」。研究所的課業很緊張，當你苦於處理許多短期內必須繳交的論文時，很容易就會忘掉長期的目標。每週給自己幾個小時，會讓你有時間閱讀關於寫作和教學的書、反省自己的研究，以及思考更大的生涯目標。

三、監控寫作進度

　　大多數人都不知道自己目前寫了這麼多——或這麼少——內容，因為人們會從自我抬舉和自我增強的角度看自己，大多數人都認為自己實際上更勤於寫作也更有效率。要大量寫作，你必須監控自己的進度以冷靜精確地了解自己的寫作。關於自律（self-regulation）的研究指出，設定目標並以其為優先事項還不夠：人們必須監控自己邁向目標的進步情形（Carver & Scheier, 1998; Duval & Silvia, 2001）。

　　監控寫作進度有許多有用的激勵作用。首先，觀察進度會使你的目標更顯著，以避免它們被疏忽掉。許多人苦於管理所有必須執行的寫作計畫，監控寫作進度會讓你聚焦在進行中的計畫。第二，只是監控寫作行為就能幫助你坐下來寫。行為的研究指出，單單自我觀察即可引起想要的行為（見Korotitsch & Nelson-Gray, 1999）。例如，想要存錢的人應該記錄每天的花費，因為只是記錄花錢情形就會使錢花得更少。同樣地，想要定時寫作的人也應該記錄自己是否坐下來寫作：說也奇怪，如果略過一次寫作時間就在試算表上打個難看的零，居然有激勵作用。最後，監控寫作進度有助於更有效設定目標。在一段時間之後，你會有足夠的資料以據實估測，要花費多少時間才能寫出一些東西。更有效地設定目標反過來會導致更有產量的寫作。

　　寫作量大的人通常都會做某種監控。監控的方法不一；筆者在本節說明的是我如何監控寫作進度。當我告訴別人我的方法時，他們會報以奇怪的表情，好像我用了伯爾尼山犬的毛來做被子（譯註：比喻小題大作）。這個方法聽起來很落伍、自戀、怪異，但是能幫助我保持專注。我有一個命名為「寫作進.sav」的 SPSS 資料檔；圖 3-1 是這個檔案的螢幕照。我針對月份、日期、星期和年度設定不同的變項，這些變項使我能夠找出特定

Writing Progress.sav - SPSS Data Editor

File Edit View Data Transform Analyze Graphs Utilities Add-ons Window Help

173

	month	date	day	words	goal	project	comments	year	var	var
173	June	14.00	Tuesday		Met	Emotion Concepts Paper		2005		
174	June	15.00	Wednesda		Met	Trait Curiosity JPA Paper		2005		
175	June	16.00	Thursday	137.00	Met	Emotion Concepts Paper		2005		
176	June	17.00	Friday	321.00	Met	SAI C3, Emotion Concepts Paper		2005		
177	June	18.00	Saturday	305.00	Met	SAI C3		2005		
178	June	19.00	Sunday		Met	ESM Grant		2005		
179	June	20.00	Monday	390.00	Met	SAI C3		2005		
180	June	21.00	Tuesday	1154.00	Met	SAI C3		2005		
181	June	22.00	Wednesda	353.00	Met	JPSP Revisions		2005		
182	June	23.00	Thursday		Met	SAI C3		2005		
183	June	24.00	Friday		Met	ESM Grant		2005		
184	June	25.00	Saturday		Met	SAI C3		2005		
185	June	26.00	Sunday		Met	SAI C3		2005		
186	June	27.00	Monday		Met	ESM Grant		2005		
187	June	28.00	Tuesday		Met	ESM Grant		2005		
188	June	29.00	Wednesda		Met	Reactance Revision		2005		
189	June	30.00	Thursday	1488.00	Met	Reactance Revision, Submitted)		2005		
190	July	1.00	Friday		Met	SAI C3		2005		
191	July	2.00	Saturday	364.00	Met	SAI C3		2005		
192	July	3.00	Sunday	373.00	Met	SAI C3		2005		
193	July	4.00	Monday		Met	SAI C3		2005		
194	July	5.00	Tuesday		Unmet			2005		
195	July	6.00	Wednesda	433.00	Met	JSCP Revisions		2005		
196	July	7.00	Thursday		Met	JSCP Revisions		2005		
197	July	8.00	Friday		Met	OSA Effort Revisions		2005		
198	July	9.00	Saturday		Met	OSA Effort Revisions		2005		
199	July	10.00	Sunday		Met	OSA Effort Revisions		2005		
200	July	11.00	Monday		Met	SAI C3		2005		
201	July	12.00	Tuesday		Met	JSCP Paper		2005		
202	July	13.00	Wednesda		Met	JSCP Paper		2005		
203	July	14.00	Thursday		Met	Sam's paper		2005		

Data View / Variable View /

SPSS Processor is ready

圖 3-1 實例：筆者如何以「寫作進度.sav」檔監控寫作進度。

的一天。主要的變項被稱為字數、目標和計畫。在字數欄，我鍵入當天所寫的字數。任何文書處理軟體都可以告訴你該文件的字數，只要在開始和結束寫作時記下字數，然後取兩者之間的差數。如筆者曾強調過的，寫作涉及到許多任務，不只是寫出內容而已。有時我會把時間用在閱讀期刊論文、填寫經費申請表格，或者重讀必須重新投稿的論文，在這幾天我會把字數欄空白。「目標」欄的目的在記錄我的寫作是否符合當天的目標。我的個人目標只是坐下來寫，然後做一些能更接近計畫目標的事情，因此我把變數定義為：0 ＝未達成；1 ＝達成。在圖 3-1 所顯示的時間中，我的紀錄做得很好；其中，7 月 5 日我沒有達成目標，但隔天就有達成。「計畫」欄則說明當天我所致力的寫作目標。記錄整個計畫的過程會讓你了解完成計畫所需要的時間。有時我覺得某個計畫的執行好像沒完沒了，但它可能會比記憶中的更短一些。

　　仍然死抱著肖似合理障礙不放的狂寫者可能會說：「我沒有 SPSS 軟體，」或甚至說：「我用的是SAS軟體！」任何統計或試算表程式都可以用，我也確信你手邊有橫線式的筆記紙和筆。保持記錄才是關鍵，而非科技。但是統計程式能讓你挖掘自己的資料，如果你是統計迷（誰不是呢？），你會喜愛這種統計自己寫作情形的能力。我寫了一個計算某些描述統計量和直方圖的統計程式，如果每天花一個時段寫新的內容，其平均字數是 789 字；圖 3-2 顯示這些統計量的直方圖。看起來寫的字數不多，但是加起來很多。圖 3-3 繪出每個月的目標，該圖顯示有幾個月份的產量比其他月份更多。根據筆者自己的寫作資料，過去十二個月以來，在排定的時間中我有 97% 的機率會坐下來寫。我做得不夠完美，但是我對這個數字相當高興。監控寫作進度讓我能試著改進寫作，當我達到該月份 100% 的

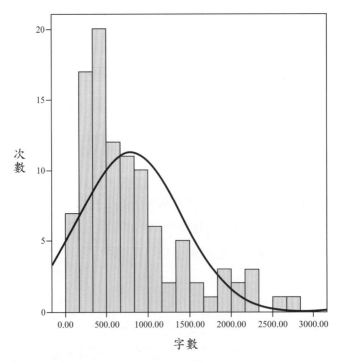

圖 3-2 ▶ 過去十二個月每天寫作字數平均數的直方圖。

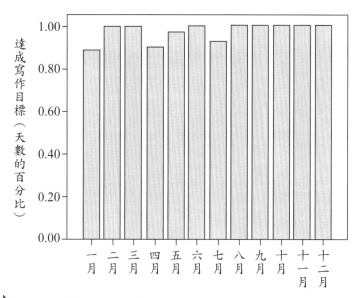

圖 3-3 過去十二個月達成每天寫作目標比率的直方圖。

進度時就覺得很驕傲。如果你很好奇，也可以把一週的目標和字數資料畫成統計圖。於是當人們問我寫了多少，我可以說我平日完成的進度是97%，平均每天寫出789個字。人們可能會以「小題大作」的眼光看我，但我覺得無妨。

　　當完成一個計畫目標時就給自己酬賞。就強化想要的行為而言，自我增強和權變管理是經得起時間考驗的方法（Skinner, 1987）。當你提交了一篇論文或經費申請計畫，就給自己買一杯好的咖啡、好的午餐，或者一張古董的 Heywood-Wakefield 設計的茶几。寫論文的酬賞延遲到來——要花上幾個月的時間才能得到期刊編輯和經費審查小組的回音，因此立即的酬賞可以維持寫作動機。然而，只有傻子才會以跳過一次排定的寫作時間來當作高產量寫作的酬賞，永遠不要以不寫作來酬賞寫作。以捨棄時間表來酬賞寫作，就如同以雪茄來酬賞你自己的戒菸。寫作時間表的作用是養成良好的常規及習慣：別損害良好的寫作習慣。

四、寫作瓶頸怎麼辦？

你可能會說：「等等，這本書迄今未提到任何關於寫作瓶頸的事。當然，你可以排時間表、設定目標，以及監控自己的進步，但是遇到寫作的瓶頸時怎麼辦？」我喜歡寫作瓶頸，其理由就和喜歡樹精及會說話的森林怪物一樣——他們很迷人卻不存在。如果有人告訴我他（她）遇到寫作瓶頸時，我會問：「你到底想寫些什麼？」學術寫作不會遇到寫作瓶頸，不要把你自己的情況誤認為藝術系教創意寫作之同事的情況，你不是在刻劃深度的敘說，或者構思會暴露人心奧秘的隱喻。細膩的變異數分析不會令讀者感動流涕，雖然這種冗長乏味的分析可能會使人想哭。人們不會複製你的參考書目，然後傳給他們想要鼓勵的朋友參考。小說家和詩人是景觀的藝術家和人像畫家；學術寫作者則是拿著大噴漆器幫你整修地下室的人。

寫作瓶頸是歸因性情之謬誤（dispositional fallacy）的好例子：行為的描述無法說明被描述的行為。寫作瓶頸只不過是不寫作而已。說自己因為寫作瓶頸而無法寫作，就等於在說因為沒有寫作而無法寫作。這很淺薄。寫作瓶頸的療方——如果你能治療肖似合理的苦惱——是寫作。請回憶第二章說明的 Boice（1990）實驗。在該研究中，單單遵行寫作時間表的苦寫者會寫得很多——只有這樣而已。相對地，等到「想寫才寫」的苦寫者幾乎什麼也沒寫。如果你真的遇到寫作瓶頸，你可以：(1)停止寫作個人詩集，回到期刊論文的寫作；(2)說服樹精和會說話的森林怪物為你撰寫綜合討論；或者(3)重新訂定寫作時間表，重新做出遵行的承諾。

就像外星人只綁架相信外星人會綁架人類的人，寫作瓶頸只打擊相信有此瓶頸的作者。寫作時間法的最大奧秘之一——事實上不可思議的奧秘——是定時寫作者不會遇到寫作瓶頸，不論它是什麼。無論想不想寫，產量高的作者會遵行自己的時間表。有時他們不想寫很多——畢竟寫作是

冷酷的事業，但他們仍然會坐下來寫，毫不在意盤旋在他們屋頂上的異世界問候聲。

五、結語

　　本章說明能使你更有寫作產量的動機工具。對寫作時間表做出遵行的承諾之後，你必須列出寫作計畫的目標。在坐下來寫作時，花一分鐘時間想想當天要做的事。排定寫作計畫的優先順序，可以克服同時管理幾個寫作計畫的壓力。而監控寫作進度會使你把焦點放在目標上、激勵你不要錯過每一天、告知你目前的寫作狀況有多好，以及提供具體事實讓你能向質疑不信的狂寫型同事展現成效。把本章所述訣竅和固定時間表結合運用，任何人都可以做到大量寫作。

第四章

建立自己的失寫症小組

　　抱怨是學術界與生俱來的權利。抱怨的藝術很早就發展起來，就在大學生抱怨自己的教授、教科書，以及週五上午九點鐘上課的天大不公道之時。在研究所，抱怨升級到接近專業的程度：統計課的乏味、指導教授的自高自大，以及無所不在寫了一半的博士論文，都讓學生覺得很苦惱。當然，大學教師會以優雅高尚的方式提出抱怨，尤其是牽涉到院長或停車證事宜時。

　　有時這些抱怨包括寫作在內。教授和研究生都喜歡抱怨寫論文的事，例如：完成博士論文是多麼困難的事、他們為什麼無法在截止日前完成經費申請計畫，以及為什麼春假所寫的論文沒有預期的多。對寫作的抱怨通常是無濟於事的，尤其牽涉到第二章所說的肖似合理障礙。當人們坐在一起談論，只要能找出時間或得到一部新電腦，他們就會有哪些成果時，其實就是在共謀維持費時的狂寫習慣。但我們可以出於善意而非惡意來利用學術界自傲的抱怨傳統嗎？我們可以利用集體發牢騷的原始學術工作本能來幫助自己大量寫作嗎？

　　本章說明如何建立你自己的失寫症小組，這是一種針對想要寫得更快更好的人而成立的支持小組類型。它使用激發動機、設定目標，以及社會

支持的原理來幫助人們維持良好寫作習慣。如果你遵行第二、三章提到的訣竅，就會擁有寫作時間表、計畫目標列表，以及一連串的寫作優先事項。寫作小組會增強這些良好習慣，並且使你免於漸漸退回到狂寫的惡習。

一、失寫症模式

就像各大學的心理系，北卡羅萊納大學葛林斯波洛校區（University of North Carolina at Greensboro, UNCG）的心理系有許多教授希望他們的寫作產量更大。幾年前我在該系的朋友 Cheryl Logan 曾想要成立一個每週聚會的寫作小組。我們認為針對設定目標的研究來建立這個小組會很有趣，因為這方面的探究會對維持適度動機提供實用的訣竅（例如Bandura, 1997）。我建議把小組命名為特羅洛普社團（Trollope society）以紀念維多利亞時代的小說家 Anthony Trollope。Trollope 寫了六十三本書，其中大部分是兩到三冊的大部頭書。心理學家可以從 Trollope 學到很多，他寫的書大多數都在全天任職於郵局時完成，包括經典的六冊全集《巴西特賽爾紀年》（Chronicles of Barsetshire）（Pope-Hennessy, 1971）。為寫這套書，他每天從早上五點半寫到早餐時間。就如他自己在自傳中所言：「每天三個小時將可產出應該寫完的數量」（Trollope, 1883/1999, p. 271）。

Trollope是偉大的作家，但「特羅洛普社團」的名稱可不好。Cheryl建議名稱採用「失寫症」（agraphia）——病症上為失去寫作能力，因為它正好能描述大多數人對寫作的感受。我們倉促湊齊幾位教授，於是失寫症小組就誕生了。UNCG失寫症小組的目的是讓參與者有機會談談目前的寫作計畫，獲得他人有挑戰性的想法和洞見，以及幫助彼此設定合理的目標。我們並未進行正式的活動評鑑，故缺乏支持此失寫症模式的確實證據，儘管如此，我們定期聚會達數年之久，認為這是有效的方法，而且也可以吹噓失寫症模式的獨立複製——在其他大學的朋友聽到我們的成功故事也開

始成立自己的小組。成功的失寫症小組有五個要素。

㈠要素一：設定具體的短期目標，然後監控小組的進步

有關動機的研究指出，設定最適合的目標會增強動機（Bandura, 1997）。當人們設定具體的短期目標時，就會找到達成這些目標的方法，然後監控自己朝向目標邁進的速度如何。在每次的失寫症小組聚會，小組成員必須訂出能在下次聚會之前致力完成的目標，這些目標類似第三章所描述的目標：它們必須具體。類似「思索我的論文」之類的目標應該被小組成員去除；類似「為我的論文寫出大綱」、「撰寫綜合討論」、「為所寫的書至少寫出一千字」，以及「打電話給 NIMH（譯註：國家精神衛生研究院）計畫管理官員討論我的經費申請計畫」等目標應該受重視。嘗試寫作不等於真正寫作──別讓小組成員忽略掉「寫出大綱」或「試著寫出一百字」之類的目標。

就如第三章所述，目標執行進度必須受到監控。我們把目標列表檔案夾帶到每次的聚會中，每個人都要說出在下次聚會之前打算做的事。我們寫下自己的具體目標，然後存在檔案夾中。下次聚會一開始，我們會複述上週所寫的目標，然後說明是否達到這些目標。圖 4-1 顯示本小組成員最近所寫的目標。我們的方法可避免有人設法賴掉自己的目標，或者記錯自己上週說過的話。

失寫症小組應每週或隔週聚會一次。若超過兩週才聚會，成員的目標會變得太抽象且範圍太大。我們有幾位核心成員每週都聚會，但有些成員只能隔週參加，因此他們會設定比其他人更大的目標。

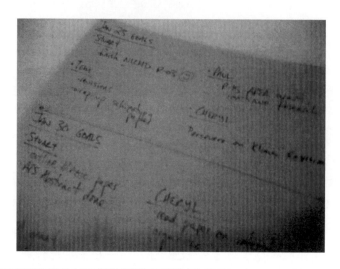

圖 4-1 筆者的失寫症小組所寫目標示例。成員的名字未隱去以顯現我們的內疚感。

㈡要素二：力行寫作目標而非其他專業目標

　　教授有許多義務，因此失寫症小組的聚會很容易降格變成對參加的委員會、對教學或對不聽話研究生的抱怨會。要避免這種情況。我們的聚會多半時間很短：我們拿出前一週的目標、查核哪些已達成或未達成，然後設定新的目標。這可能只花每個人幾分鐘的時間，如果有額外時間，我們通常會聊一聊成員們現在面對的挑戰，例如接觸出版商談有關訂契約出書的事、激勵有失寫症的研究生，或者第一次撰寫經費申請計畫。

　　如果你自己的失寫症小組已經開始成功運作，請考慮要求小組成員閱讀關於寫作的書。你們可以在檢討目標執行和設定新目標之後討論這些書，本書是理所當然的選擇，因為書末可以找到其他值得閱讀及討論的書目。如果小組成員為論文格式所苦，可以選擇閱讀《在寫作之泉》（*On Writing Well;* Zinsser, 2001）和《破英文》（*Junk English;* Smith, 2001）。如果小組成員苦於寫作動機低落，可以一讀《作家的希望之書》（*The Writer's Book of Hope;* Keyes, 2003）、《教授即作家》（*Professors as Writers;* Boice, 1990）和 Stephen King 的《史蒂芬‧金談寫作》（*On Writing,* 2000）。

㈢要素三：甜頭會比硬棍效果加倍

失寫症小組應該以非正式的社會酬賞來增強良好的寫作習慣，當小組成員有人提交經費申請計畫或向期刊投稿時，這是了不得的大事。如果失寫症小組成員有依賴咖啡因的毛病，可藉由互為另一位成員買杯咖啡來增強寫作行為。社交上的小胡蘿蔔甜頭是失寫症小組得以成功的重要部分，但是支持型團體不應該無條件地支持成員，如果某人持續未達成他（她）的寫作目標，小組必須有所干預。小組不是討論陷入肖似合理的障礙或證實持續性不良寫作習慣的論壇。某個成員完全卡住而無法寫作是很稀有的事——這些人其實永遠不會來參加小組的聚會，但是小組應該準備好去協助一直無法達成自己目標的某個成員。有用的協助方法之一是詢問他（她）的寫作時間表，而其回答通常會透露當事人未曾遵行時間表。接著要激勵這位未養成習慣的小組成員建立更實際的時間表，並且要求他（她）承諾下週要做到，每個星期都要這麼去做，直到當事人有所改變開始寫作為止。如果這個方法無效，請考慮以電擊方式來應用心理學上經過時間考驗的激勵行為法。

㈣要素四：分開成立教授和研究生的小組

UNCG 失寫症小組的成立只針對教授們；我們不邀請研究生參加。這聽起來頗不公平，但是教授和研究生為什麼應該分成不同小組，有其正當理由。教授和學生有不同的寫作優先事項（見第三章），而且面對不同的困難和挑戰。研究生在一大群教授面前往往感到膽怯，而且誤以為自己的寫作目標（例如完成碩士論文）不比教授們的目標重要。當成員只有教授

時，他們對於以作者角色為學生示範論文寫作，或者寫作計畫因牽涉到學生而停頓的情形，都可以坦白說出自己的苦處。當成員只有學生時，他們對於修課而來的寫作計畫和涉及到指導教授的寫作計畫，亦能坦白說出自己的苦處。

如果你是研究生，你的許多朋友可能都是同輩的其他學生，你們在相同的時間面臨相同的寫作挑戰——碩士或博士論文，因此失寫症小組理所當然是支持彼此寫作的方法。請開始成立只有學生參加的寫作小組，並且保密不讓你的指導教授知道——因為他（她）可能想要參加。

要素五（非必要）：喝咖啡

由於成員嚴重咖啡上癮，UNCG 失寫症小組的聚會地點是在心理系旁邊的咖啡店。雖然咖啡是本小組的重要部分，但似乎不會傳染給其他的失寫症小組。茶——甚至也許是開水——可能一樣有用。

二、結語

對心理學家而言，失寫症小組為什麼能幫助人們大量寫作，現在理由已經很明顯。社會心理學家了解到，團體是社會壓力的有益來源，有狂寫習慣的人會感受到定期寫作者帶來的壓力，進而訂定時間表並遵行之。行為心理學家注意到，團體會針對期望的行為提供正增強，針對不適當的行為提供處罰。臨床心理學家認為，團體會提供洞見和建議給正苦於改變其無產能方式的成員。認知心理學家指出，分析成敗經驗能使人評鑑自己的行動策略。發展心理學家則了解到，他們可以躲掉在實驗室尖叫的兒童，在咖啡店享受安靜時刻。請和某些同系的朋友建立失寫症小組——這會讓寫作更有樂趣。

第五章

淺談文體

　　學術期刊常見寫作技巧差的論文——筆者把期刊放在離書桌最遠的書架上以免這類的輻射塵污染。但如果你和寫出這些災難性論文的作者談話，你會發現他們對自己的工作充滿熱忱，口語表達也往往清晰、生動、有趣。到底哪裡出了錯？本書主題是大量寫作，不是優質寫作，不過你也應該花點時間學習強效寫作的原則。如果致力於遵行時間表，人們只要一週的時間就可以寫很多，但是學習如何寫得好要花費更多時間——這是現在開始學的更全面理由。本章會提供幾項改進寫作品質的訣竅。

一、診斷問題

　　有三個原因造成學術寫作者是差勁的作者。首先，他們想要看起來很聰明。有句德國的格言這麼說：「如果水色很黑，湖水一定很深。」學術寫作者會想捨棄「聰明」之類的好字眼不用而選擇「世故」或「博學」一詞。因此我本來應該說的是：「帶有最低限度透明性的一泓水，就深度的面向而言，很有可能具備顯著的高數值（p<.05）。」其次，學術寫作者未

曾學過如何把論文寫好。他們在研究所階段的角色楷模可能是差勁的作者，而且這些角色楷模在期刊合集裡會把蓋格（Geiger）偵測器弄得卡嗒響。最後，大多數學術界人士並未花費足夠時間來成為好的作家。如同其他任何技能，寫作能力出自於無數小時的刻意練習（Ericsson, Krampe, & Tesch-Römer, 1993）。人們必須學習優質寫作的規則，然後花費幾百個小時練習這些規則。

要解決第一個問題，你必須改變對學術寫作的心智模式。有些讀者可能認為，如果你的文章令人費解，那你一定很聰明，但是你不想成為那種無辨別力的讀者。大多數科學家對好的想法和有趣的發現都會印象深刻，因此別把你的想法藏在破英文之下。要解決第二個問題，請閱讀本章，然後買幾本關於寫作的書。本書最後面列出對你有用的體例和文法參考書目（見「關於寫作的好書」）。為解決第三個問題，請閱讀這些書，然後在你的定期寫作時間中練習書中的建議。不久之後，你的句子會更像你本人，而更不像某個乾瘦的匿名學術界人士。

二、選擇適當的字詞

寫作始於字詞也終於字詞，要寫得好，你必須選擇適當的字詞。英文有大量字詞，它們大多數都是簡短、類似、表達性（expressive）的字詞——請以這些字詞來寫作。要避免使用看起來有知識的新潮措辭，也永遠不要使用會令你看起來像心理學者的字詞。除了改進你的寫作之外，適當的字詞也顯示你尊重許多以英文為第二、第三或第四種語言之讀者。外國學者閱讀期刊論文時手邊常常放著雙語辭典，如果某個字詞不在該辭典裡，外國學者就無法理解。他們會責怪自己誤解你的論文，但事實上你才應該為了不顧及他們而受責。

你可能會問：「那術語該怎麼辦？我如何能寫一篇以刺激出現間隔

（stimulus onset asynchrony）為題的論文而不提到這個術語？」需要時，科學界會新創一些字語或用語——這些術語能做有用的事。若以一般的字詞來定義，術語很容易理解，因此我們應該保留適當的科學用詞，排除從管理、行銷、政治和社會福利等領域移植來的不當字詞：我們不需要類似「以物質刺激鼓勵」（incentivize）或「瞄準目標」（target）之類的動詞，而且只有窗戶清洗員才需要「透明的」（transparent）之類的形容詞。為使一致，請一致地使用術語。心理學概念的不同用詞會混淆你的讀者，例如：

> 修正之前：和體驗嫌惡的情意狀態之傾向慢的人比較，神經質重的人會比他們的反應更慢。

> 修正之後：神經質重的人會比神經質輕的人反應更慢。

　　但是有些術語很糟糕，因此不要漫不經心地寫下你在專業期刊看到的字詞。對途徑（path）和方面（way）這兩個詞都不滿意的發展心理學家，他們所說明的是發展路徑（pathways）；在誇張的時候，這些路徑就是軌跡（trajectories）。認知心理學家應該澄清什麼是「不致模糊」（disambiguate）之意。臨床心理學家有所謂表現（present with）症狀的病人，大概就像沮喪的管家拿著「心情不好」和「睡眠很差」的大托盤。而門診醫師已不再寫手冊或遵照手冊，他們建立及執行手冊化的介入治療（manualized interventions）。情緒心理學家因為害怕讀者不知道評價（appraisal）的意義，而談起認知評價、主觀評價，以及——萬一有人未理解要點——主觀的認知評價。有跨學科興趣的心理學家提倡生物社會模式、心理社會模式、心理生物模式，乃至生物心理社會模式；而近來生物心理社會靈性模式則勝過了只是生物心理社會的狹隘模式。
　　心理學家喜愛不適當的字詞，雖然他們把這些字詞稱為不足的（deficient）或次佳的（suboptimal）而非不適當的。心理學家喜歡撰寫關於現存

文獻（existing literature）的論文，但是有作者應該正在閱讀及參考的非現存文獻嗎？任何閱讀期刊論文的心理學家都應該知道，心理學專業期刊的現實程度令人害怕。現存文獻是相同惡行的白領階級版。以兩件事物「無關」（disconnect）情形為論文主題的心理學家會變得背離自己的專業辭典，而他們從辭典中可以找到類似差異、區別、不同、落差之類的字詞。在寫以不同個人為題的個別論文時，有些人會把個人（person）稱為「個體」（an individual）、人們（people）稱為「所有個體」（individuals）。這些人忘記「個體」一詞是含糊的：請思考「We observed an individual ＿＿＿＿＿＿＿。」這個句子，句中的空格應該填上名詞（例如「rabbit」）抑或動詞（例如「walking」）？和朋友討論學術研究時，你不會說「個體」和「所有個體」，因此為什麼要對廣大的科學界這麼虛假地陳述這兩個詞？你被心理學吸引是因為對所有個體有興趣和喜歡觀察所有個體嗎？請選用適當的字詞，例如個人和人們。在緝捕「不知名的一人或多人時」，令人憎惡的複數「多人」（persons）用法仍應該是小鎮警長的使用權利。

說到「人們」一詞，筆者在說明研究參與者方面已停用「參與者」一詞，因為我有一些研究鳥類、嬰兒、老鼠和學區的朋友，他們的研究參與者絲毫不像我的。我研究人類的成人，因此在「方法」的敘述部分，個人和人們都是適當的字詞。如果這個決定令你驚訝，請勿害怕——不同於時尚，APA格式沒有警察把關。「參與者」是含糊的字詞，因此心理學家應該選擇更適當的字詞。例如，有些研究者透過從兒童、教師和家長蒐集資料來研究兒童。這三組人都是參與者，因此「參與者」一詞無法提供資訊：請分別稱他們是兒童、教師、家長。如果你研究的是高齡者和年輕人，為什麼不在方法和結果部分使用「高齡者」（older adults）和「年輕人」（younger adults）一詞？私下在自己的房間時，把「參與者」用其他更適宜的字詞取代以重寫研究方法部分，這樣一來你就會覺得更好。

縮寫和頭字語都是不適當的字詞。筆者看過有些作者把一般人熟悉的短字詞變成縮寫——例如「anxiety」（ANX；焦慮）和「depression」

（DEP；憂鬱症），把簡單的片語變成頭字語——例如「anxious arousal」（ANXAR；驚恐發作）和「anhedonic depression」（ANDEP；喜樂感缺乏型憂鬱症），然後很開心地說明ANX、ANDEP、DEP，以及ANXAR之間的差異。只有在比所代表的費解片語更容易了解時，縮寫和頭字語才有用。SES（社會經濟地位）和 ANOVA（單因子變異數分析）是適當的；ANX和DEP則不適當。有些作者認為以縮寫來取代常見片語是在執簡馭繁，例如，在某一本有關寫作的書中，作者寧可反覆用 WAL 而不用「寫很多」（write a lot）一詞。讀者們發現，反覆讀這些縮寫會比反覆讀實際的字詞更乏味。如果一開始就不使用這些費解的片語，你可以減少縮寫的必要。

　　請刪去非常、相當、基本上、事實上、實際上、極端地、相當地、完全地、無論如何等字詞，基本上，這些相當無用的字詞實際上什麼都不是；就像雜草，它們實際上會完全掩蓋你的句子。在《破英文》一書中，Ken Smith（2001）把這些字詞稱為寄生的強調語（parastic intensifers）：

> 之前重量級的字詞被降成羽量級的字詞，它們必須靠強調語來脹大才能再次揮拳有力。提供洞見或反對某個立場現在聽起來不痛不癢，除非這洞見是有價值的、反對的立場是針鋒相對的。強調語會吸乾其宿主的精力。（p. 98）

如果你把Strunk和White（2000）對「省略不必要字詞」的囑咐放在心上，卻無法分辨哪些字詞是無用的，基本上所有寄生的強調語都應該刪去。

三、寫出重量級的句子

　　你對所寫的字詞已有自覺——例如自問：「上一篇論文我是否寫了『個體』一詞？」——就到了重新思考如何寫句子的時候。Sheridan Baker

How to Write a Lot: A Practical Guide to Productive Academic Writing

（1969）寫道：「就像呼吸一樣自然，你始終都在寫句子，但也許稍有變化」（p. 27）。過度使用單一的句型，差勁的作者如同在以漫無邊際的嗡嗡聲說話。英文的句型有三種：簡單句、複合句和複雜句（Baker, 1969; Hale, 1999）。簡單句只有一對主詞和述語。慚愧的是，學術寫作者藐視簡單清楚的句子。複合句有兩個子句，每個子句都可以獨立存在。有時，連接詞會把獨立的子句連在一起；有時則是靠分號來達到連接的目的。不像簡單句和複合句，複雜句包含獨立子句和從屬子句。如果寫得好，複雜句會使你的寫作風格俐落有節。

當筆者的想法很自我中心時，會認為排偶句（parallel sentences）是為心理學家而發明。我們的寫作主題是關係、對比和比較：例如高度外向和低度外向的人、對照的和實驗的情境、第一階段和第二階段所發生的事。技巧好的作者會使用對偶句，因為對偶的結構很容易說明關係；差勁的作者則避免使用對偶句，因為他們認為對偶的結構是重複的表達，而且反而會因為變換用詞和句型寫出不對稱的句子：

修正之前：處於雙任務情境下的受試者，必須在閱讀字詞表時同時監控一系列的嘟嘟聲。在不同小組的某些其他參與者只需要閱讀字詞表而不必聆聽聲音（「對照的情境」）。

修正之後：處於雙任務情境下的受試者，必須在閱讀字詞表時同時監控一系列的嘟嘟聲。在對照情境下的人只需要閱讀字詞表。

有些對偶句使用標準—變異的（criterion-variant）結構：先描述共同的特徵，然後再說明變異的情況。

更好的寫法：每個人都要閱讀字詞表。處於雙任務情境下的受試者，必須在閱讀字詞表時同時監控一系列的嘟嘟聲，而在對照情

境下的受試者只需要閱讀字詞表。

更好的寫法：每個人都要觀看二十張一套的圖片。在控制的情境下，受試者只要觀看圖片即可。在評鑑的情境下，受試者必須就自己多喜歡每張圖片做評分。

許多人都疏於使用分號，在寫對偶句方面它是被寫作者忽略掉的好朋友。就像不喜歡高中時的運動校隊和畢業紀念冊編輯社，許多作者對分號的不信任來自於高中時代的偏見。要克服這個偏見——因為你需要用到分號。分號必須連接從屬子句；句子的每個部分都必須能自成單位。不同於長複合句，分號意指子句之間有密切關係。不同於逗號後面接著「and」（然後、以及……），分號意指平衡的句子、兩者的重要性相當。因此分號是使兩個對偶的句子同等的理想標點符號：

修正之前：在階段一，受試者閱讀字詞。在階段二，他們試著盡量回憶所讀的字詞。

修正之後：在階段一，受試者閱讀字詞；在階段二，他們試著盡量回憶所讀的字詞。

修正之前：在閱讀情境下的受試者閱讀字詞，在聆聽情境下的受試者則聽這些字詞的錄音。

修正之後：在閱讀情境下的受試者閱讀字詞；在聆聽情境下的受試者聽這些字詞的錄音。

在重新建立和分號的關係時，請張開雙臂認識新朋友——破折號。技

巧好的作者會使用破折號成癮。破折號——因寬度是大寫的「M」而在專業上稱為 M 破折號（em dashes）——其功用為使句子俐落有力。它有兩個常見的用處（Gordon, 2003）。首先，單破折號可以把子句或片語和句子的最後部分連接起來，你在本章已經讀到過這類的句子：

1. 學術期刊常見寫作技巧差的論文——筆者把期刊放在離書桌最遠的書架上以免這類的輻射塵污染。
2. 要克服這個偏見——因為你需要用到分號。
3. 在重新建立和分號的關係時，請張開雙臂認識新朋友——破折號。

其次，雙破折號可以把插入句前後包圍起來，你在本章也已經讀過這類句子：

1. 你對所寫的字詞已有自覺——例如自問：「上一篇論文我是否寫了『個體』一詞？」——就到了重新思考如何寫句子的時候。
2. 破折號——因寬度是大寫的「M」而在專業上稱為 M 破折號（em dashes）——其功用為使句子俐落有力。

請試著在下一篇論文的參與者和研究設計部分使用破折號：

尚可的寫法：有四十二個成人參與本實驗，其中十二個是女性、三十個是男性。

更好的寫法：四十二個成人——十二個女性、三十個男性——參與本實驗。

M 破折號有個較不知名的表親，N 破折號。寬度為大寫 N 的這種破折號（en dash）使兩個概念相對等，因此是「之間」之意的簡明表示法。只有少數作者能夠適當地使用 N 破折號；多數作者反而使用連字號，但往往

導致尷尬的結果。對親子（parent-child）行為有興趣的發展心理學家，可能不是指父母有時候會表現孩子般的行為──他們指的是父母─孩子（parent–child），是「父母和孩子之間行為」的簡稱。技巧好的作者知道親師會（teacher–parent conference；用 N 破折號）和家長教師會（teacher-parent conference；用連字號）之間的差異。在筆者的學校，某個研究者貼出徵求「嬰兒父母（infant hyphen-parent）的互動研究」（擱置青少年懷孕問題──讓我們中止嬰兒懷孕問題；譯註：筆者暗諷「嬰兒─父母」的寫法用錯了標點符號）。要感謝英明的文字編輯默默修正你論文中 N 破折號錯用情形，現在正是時候。

　　你可以練習用同位片語（appositional phrases）寫出有力的句子。因為片語在句子中的位置代表和其他部分的關係，因此你可以去除連結句子同等部分的字詞。

　　修正之前：假設的想法（counterfactual thoughts），此想法被定義為關於未發生事件的想法，顯示了認知和情緒之間的互動。

　　修正之後：假設的想法（counterfactual thoughts），亦即被定義為關於未發生事件的想法，顯示了認知和情緒之間的互動。

　　更好的寫法：假設的想法（counterfactual thoughts）──關於未發生事件的想法──顯示了認知和情緒之間的互動。

　　修正之前：在認知和情緒的研究範疇內，面部表情的研究是熱門領域，而且它已經解決關於情緒結構的陳年衝突問題。

　　修正之後：面部表情的研究，這個認知和情緒研究範疇內的熱門領域，已經解決關於情緒結構的陳年衝突問題。

　　最後，你可以從檢核有無兩種破壞學術學作的常見毛病，來偵測出無力的句子。首先，「因此」（such that）病毒會折磨畏懼寫簡單句的作者。為了避免寫出簡單句，他們利用「因此」一詞把軟弱的第一個子句和真正要寫的第二個子句連接起來。請不要再寫「因此」一詞，利用文書處理軟體的搜尋功能把這個傳染病根絕掉。如果發現它，有三種治療方式：把「因此」之前的子句刪掉、用逗點或破折號替代「因此」，或者改寫為更好的句子。

　　修正之前：我們建立兩種情境，因此在其中一種情境下的受試者被告知要重正確度，在另一種情境下的受試者則被告知要重速度。

　　修正之後：在其中一種情境下的受試者被告知要重正確度；在另一種情境下的受試者則被告知要重速度。（刪去最前面的子句，利用分號寫出對等子句。）

　　修正之後：我們建立兩種情境：在其中一種情境下的受試者被告知要重正確度，在另一種情境下的受試者則被告知要重速度。（以分號取代「因此」。）

　　修正之前：受試者因此被分派到各小組中，以至於分派過程是隨機的。

　　修正之後：受試者被隨機分派到各小組中（這是寫得較好的句子）。

　　第二個毛病，亦即不穩定複合句症候群（wobbly compound syndrome），導致寫作者嚴重誤認逗點標示的應該是暫停話語。學術期刊一直

在和傳染開來的不穩定複合句症候群奮戰。以下舉例某些受害情形：

1. 正向的心情會增強解決問題的創意，並擴充思考力。
2. 實驗一證實做計畫對動機的強大效應，而且澄清了計畫如何發揮作用的互斥的預測。

認得這些症狀嗎？知道這些例子錯在哪裡嗎？複合句必須有兩個獨立子句。在不穩定的複合句中，第二個子句因為缺少主詞而無法獨立：會擴充思考力的是什麼？會澄清預測的是什麼？修正這些句子的方法很容易，你可以把第二個子句加上主詞（例如：「而且它們會擴充思考力」、「而且它能澄清互斥的預測」），或者你可以省略逗點（「正向的心情會增強解決問題的創意並擴充思考力」。）

四、避免被動的、無生氣的或贅字多的片語

所有關於寫作的書都鼓勵人們以主動語態來寫作。人們習慣主動思考、主動說話，因此主動語態的寫作可以掌握日常言行中吸引人的語調。由於隱藏句子的主詞，被動語態的寫法令讀者覺得含糊不清。想要看起來很聰明的作者會漸漸經常使用被動語態；他們喜歡非人稱（impersonal）的語調及其與學術寫作在刻板印象上的關係。被動語態的寫作很容易修正。請閱讀你的作品，把每個出現的動詞不定式圈起來。你能想到更適當的動詞嗎？幾乎所有動詞都包含進行式，因此你通常可以用有力的動詞來取代不定式。至少把原來用的動詞不定式改掉三分之一。靠著警覺和練習，你的被動語態句子會寫得更少。為了修正被削弱的句子，用動詞來表示否定句而不用「not」（不、無、非等等）一詞。人們在閱讀的時候常常會遺漏「not」字而誤解你的句子，這個技巧可縮短你的句子，而且使表達的重點更生動有力。

修正之前：人們常常在閱讀的時候沒有看到「not」字，因此不了解你的句子。

修正之後：人們在閱讀的時候常常會遺漏「not」字而誤解你的句子。

　　有些心理學的常用片語很強勢，他們很自以為是地使用被動語態。你會從任何的學術期刊發現心理學家「樂此不疲」：他們的研究結果有重要性的顯示，其理論有其歷史背景脈絡的反映，其資料在假設方面是有支持的。這種被動語態的寫法最為浮誇又不帶歉意：作者選擇拙劣的被動語態而非常見的主動語態。為什麼不說結果指出、理論反映、資料支持呢？請改寫成下列動詞以刪去全部「有_____的」片語：

1. 顯示的＝顯示
2. 反映的＝反映
3. 支持的＝支持
4. 指出的＝指出

　　我記得閱讀是有告知作用的——我希望這是錯誤的記憶。

　　只有警惕自己才能阻止贅字片語溜進你的句子裡。筆者最近讀到的一篇期刊論文宣稱，態度在本質上是情緒的。如果態度在本質上是情緒的，當它們被束縛時會像什麼樣？它們會像被圈養的貓熊一樣繁殖後代嗎？寫出「本質上」（in nature）一詞的心理學家可能在性格形成時期看過電影《遠離非洲》（*Out of Africa*）太多次（譯註：暗喻對大自然的印象太深刻）。除非打算向《國家地理雜誌》投稿，否則應該避免「本質上」一詞。形容詞描述事物的本質，因此形容詞總是帶有「本質上」的意義。在大聲叫囂之後，我不必說明為什麼_____的態度是件壞事。請使用動詞——

「人們反應『快速』」而非「人們『以快速的態度』反應」——來避免失態。

　　即使主動語態句也可能軟弱無力。心理學家寫的句子常常用「研究結果顯示……」、「最近的研究指出……」、「許多新的發現顯示……」或「大量研究一致證實……」，這些片語只能增加一點點語意，而且句末的引註會指出過去的研究支持你的意見。你偶爾需要這些片語——筆者在本書中使用這些片語來對照實證的事實和個人意見，但盡量避免使用之。

　　以軟弱的片語開頭可能會使有力的句子變得不流暢，例如「然而（但是）……」、「例如」、「舉例而言……」。應該把「然而（但是）」移到句子的第一個連結字詞處：

　　　修正之前：然而，最近的研究發現質疑雙過程（dual-process）的說服理論。

　　　修正之後：最近的研究發現卻質疑雙過程（dual-process）的說服理論。

（譯註：中文習慣把「然而」一詞放在句首而非句中，句中用「卻」字較宜。）

　　「例如」和「舉例而言」也要移位，然而（在非正式的寫作中）要把「但是」和「不過」保持在句首的位置。順便一提，請記得，「然而」一詞的標點下得不好也可以把複合句變成極好的連寫句。

　　　修正之前：高自我效能會增進接受任務挑戰的動機，但如果人們把任務視為簡單之事則會降低動機。

　　　修正之後：高自我效能會增進接受任務挑戰的動機；但是，如果

人們把任務視為簡單之事則會降低動機。

　　用主動語態來寫句子，但如果有時寫的是被動語態也不必覺得神經緊張。如同所有的科技寫作，心理學的寫作涉及到概念、理論、構念、關係等非人稱的動作者（agents）。我們也常常寫到軟弱的動作者，例如過去的研究、認知失調理論或焦慮疾患的認知療法。如果讀者對主詞及其行動——理論做預測、概念和另一個概念彼此相關、傳統影響了現代的研究——無法輕易形成心像時，主動語態句可能會失去力量。減弱主詞的解決方法之一——在避免擬人論的誤導目標下被作家們偏愛的方法——是把「受到研究的認知失調理論」的非人稱動作者，替換為「研究認知失調理論者」。我懷疑這有用處。「研究者」和「有興趣的人」之類的含糊主詞一樣的抽象、非人稱、難以想像。這個方法可能造成誤導：有時我們的寫作主題是認知失調理論而非研究該理論的人。

五、先寫再修正

　　寫出內容和修正內容是寫作的兩個不同部分——不要同時做這兩件事。寫出內容的目標是把混淆的、叫人驚訝的字詞一頁頁寫出來；修正內容的目標則是把字詞梳理清楚以便讀起來合理適宜。有些作者——常常是苦於寫作的人——會試著寫出毫無錯誤和不當字詞的最初稿。此種對完美的要求是誤導的，以這種方式寫作的壓力太大：這些作者寫出一個句子，對這個句子苦惱了五分鐘，刪掉它，重寫一遍，改變幾個字，然後有點生氣地繼續寫下一個句子。完美主義會癱瘓寫作，再者，一句句地寫會使你的文本讀起來不連貫，段落而非句子才是寫作的基本單位。

　　請熟練論文規格，但不要讓這些規格癱瘓你的寫作。在寫出內容時做修正就像是在早上喝無咖啡因的咖啡：理想崇高，時間不對。你的初稿讀

起來應該像是由不諳冰島語者草率翻譯出來的英文。寫作有部分是創作、有部分是批評，有部分是本能衝動、有部分是超我作祟：讓本能縱筆長篇大論，然後讓超我針對正確性和適當性來評鑑它。就如同樂於稍後刪除模糊的片語和不想要的字詞，請享受寫出費解又不通順初稿的過程。

六、結語

　　本章旨在使你對自己的寫作產生自我覺察。許多人對自己低效能的寫作技巧都曾做出不正確的自我評價——或者借用 Zinsser（2001）的簡單說法：「只有少數人了解自己寫得多糟」（p. 19）。清晰有力的作品會讓你從一大堆劣等、愚鈍、矯揉造作又平庸的論文和經費申請計畫中脫穎而出。人們尊崇高技巧的作品。經費申請計畫的評審知道，清晰的寫作必須有清晰的思考為本；期刊的編輯欣賞對高明想法的明白描述。請閱讀本書最後所列書單中的幾本書，在寫出內容和修正內容時練習這些高技巧寫作的原理，而且不要再寫「個體」或「因此」一詞。

.

第六章

寫期刊論文

　　心理學期刊就像每一部一九八〇年代高中校園電影中的卑微情痴或冷淡富家女，因為他們除了接受美貌者或死追不放者之外，拒絕其他所有的人。寫期刊論文包括了所有阻礙動機的要素：成功的可能性低、被批評及拒絕的可能性很高，以及縱使成功其結果也不一定產生酬賞。做研究是有趣的事；撰寫研究報告則否。此外，由於科學界透過期刊來交流，因此我們必須撰寫期刊論文。學術會議對於和老朋友會面以了解他們最近做什麼研究是很有用，但是在學術會議發表的論文既未經過同儕評審也不列入文獻。出版論文才是研究過程的合理終點。

　　心理學領域的檔案櫃充滿了未出版的論文。筆者認識的許多研究者都有令人汗顏的大量資料；有些人還有「希望有一天能發表」的一九八〇年代未出版資料。他們當然會出版，因為心理學重視期刊論文高過於其他的出版品形式，這個領域有助於論文寫作生手學習如何發表期刊論文〔例如，American Psychological Association (APA), 2001; Sternberg, 2000〕。然而這些資源大多數都無法解決寫期刊論文涉及到的難解動機問題，因此本章對於寫期刊論文提供實用的個人看法。本章針對撰寫更有力的論文舉出訣竅，並就面對無可避免的批評及投稿挫敗給予寫作上的建議。本章的建議不會

使你愛上論文寫作，但是會幫助你更無懼於寫出更多論文。

一、撰寫實證研究論文的實用訣竅

寫期刊論文就像是在寫浪漫喜劇的劇本：你必須學習公式。儘管聽起來很奇怪，但這都拜美國心理學學會論文格式之賜。一旦學會該怎麼寫──以及不該寫什麼──你就會發現寫期刊論文很容易。如果你沒有最新版的《美國心理學學會論文格式手冊》（*Publication Manual of the American Psychological Association;* APA, 2001），應該去買一本。

㈠列大綱和預寫

在我的不良寫作策略一覽表中，不列大綱的排序相當高──僅高於用會刮擦出聲的兩指手套（mittens）打字、僅低於訓練我的狗聽寫。列大綱是寫作的活動，不是「真實寫作」的前奏。會抱怨遇到「寫作瓶頸」的作者是不列大綱的作者，因為在試圖任意書寫之後，他們覺得挫折，並且開始抱怨寫出文字有多麼困難。這不意外──除非你知道要寫什麼否則無法寫出論文。寫得很多的人也列出很多大綱，「清晰的思考變成清晰的寫作」，Zinsser（2001, p. 9）如是說。在試圖向科學界表達你的想法之前，請先把它們組織好。

寫大綱會讓你對自己的論文早點做出決定。你的論文要寫多長？它是一篇短的報告或長篇幅的研究論文？這些決定大多數取決於你自己和研究本身，但筆者鼓勵你能扼要地計劃。多年以來灌水的論文充斥著各期刊，心理學界已朝向偏好短篇的論文。有些有聲譽的期刊只出版短篇論文〔例如《心理科學》（*Psychological Science*）〕，其他的期刊最近也新闢短篇研究報告區。短即是好。請想想你在閱讀期刊論文時的感覺，你希望這些

論文早點結束，或者希望作者把他們的動能延續到接下來的十四頁？不要把所有東西都寫到一篇論文之中，你可以在一生之中寫出大量論文，因此可以把被省略的想法放到另一篇論文裡，或者寫一篇專題論文探究之。

內在的讀者——會閱讀你的論文的假想人物——會幫助你做出寫作上的決定。應該把視覺注意力的各種互斥的理論說明得多徹底？你應該說明統計方法，或者假定大多數讀者都能理解該方法？同行中的其他專業者——與你的研究興趣相同或希望多學習這個主題的大學教授和研究生——是你的最大讀者群，要為這群讀者而寫。而讀者群中的小眾則包括大學生、記者、相關領域的工作者，以及少數的網路讀者（例如部落客和幽默作家）。你的許多讀者都以英語為第二或第三外語，因此當你想要選用時髦的或乏味的字詞時，請記得這些讀者的條件。為了確認你的內在讀者，請大致列出你想發表論文的期刊清單。類似《實驗心理學期刊：通論》（*Journal of Experimental Psychology: General*）和《心理科學》之類的期刊有廣大的讀者群；類似《視覺認知》（*Visual Cognition*）和《自我與認同》（*Self and Identity*）之類的期刊則吸引專家讀者。針對專家而寫論文時，你可以假定讀者了解這個領域的理論、發現和方法，然後可以用流利的專業論調來寫作。你的目標是使論文讀起來像是言之有物的普通人所寫——不要寫得太認真或太隨便。

㈡論文題目及摘要

大多數讀者碰巧看到你的論文時，只會先看題目及摘要，因此要讓它們很恰當。題目必須兼重一般性和特殊性：指出論文的主題，但不至於用字特定到使論文讀起來很專門、很乏味。如果你想要寫時髦的、時事的或滑稽的題目，請想想十年之後這個題目讀起來會如何。未來的研究者會了解題目的笑點嗎？在數位時代，讀者會從儲存題目及摘要的電子資料庫中檢索你的論文，請把摘要中的所有檢索關鍵字都包括進來，以利查出你的

論文。例如，以筆者在自我覺察（self-awareness）方面的研究而言，我在摘要中使用自我焦點（self-focus）、自我聚焦的注意（self-focused attention）、自覺（self-consciousness）等之類的同義詞。幾乎每位作者都在最後才寫題目及摘要，因此從眾吧！

(三)序論

序論部分會陳述研究的重要性或細節。在論文的各個部分之中，序論是最可能被詳讀而不會被略讀或跳過的部分，因此，它是作者最懼怕撰寫的章節。有些人會提醒初寫者，序論的撰寫沒有公式可言（例如，Kendall, Silk, & Chu, 2000）。這是胡說──當然有公式，技巧高的作者會利用高技巧的公式；你認得出它們。

1. 從概述整篇論文開始寫起，其篇幅應該只限一到兩頁。在這篇概述之中，要陳述啟發研究的一般難題、問題或理論。其目標在於使本篇論文的存在合理化、引起讀者的興趣，以及提供架構以幫助讀者理解整個論文的其他幾節。

2. 在概述論文之後，先寫出介紹序論的第二節內容之標題。此標題可以類似論文的題目。這一節是序論的主體：你可以說明相關的理論，概述過去的研究，以及更詳細討論啟發你進行研究的問題。把標題和副標題當作指引讀者的路標，例如，如果有兩個理論，就為每個理論寫一個副標題。第二節的焦點則要維持在第一節所提到的問題上。

3. 在第二節之後，接著寫出「目前的實驗」或「目前的研究」之標題。迄今你已經概述了研究問題（第一節），也回顧了必要的理論和發現（第二節），因此讀者現在已經了解你的研究問題背景和重要性。在第三節要說明的是你的實驗，以及這些實驗如何回答你的研究問

題——視詳細程度而定它可能需要一到四個段落的篇幅。這一節止於另起標題開始說明研究方法（「方法」或「研究一」）。

上述公式向讀者介紹你的研究問題（第一節），回顧與研究問題相關的理論和研究（第二節），以及明確陳述你的研究將如何解決問題（第三節）。它把讀者引導到明確的路徑上，也使寫作者免於寫偏到不相關的方面。你會發現這個公式的某些例外寫法——對短篇報告而言沒有標題的單獨一節就可能足夠，但是這個公式對大多數的論文撰寫都很有用。

序論應該介紹你的研究，而非詳盡地回顧每個人對你的研究問題曾提到的每一件事。短篇報告可以有兩到三頁的簡潔序論，投稿到縱容神經質作者寫大篇幅論文的期刊，論文的序論則可能有十二到二十頁之多。在撰寫正常的研究論文時，請把序論控制在十頁以下。

㈣研究方法

研究方法這一章並不迷人，但會透露你執行研究的程度有多謹慎（Reis, 2000）。寫得好的研究方法說明可以讓其他研究者複製你的研究。如同序論，研究方法這一章也有公式可循，它可以分成幾節。第一節是「研究參與者」或「參與者和研究設計」，它說明樣本的大小和特徵，以及各個實驗的實驗設計。如果你的研究涉及到設備的應用——例如心理學的設備、不常見的電腦軟體、答題簿或語言啟動的反應開關，必須再寫「研究設備」一節。如果研究涉及到使用幾套量尺、測驗或評量工具，例如腦神經認知測驗、興趣量表、態度評量或個別差異的自陳報告等，寫出「測量方法」一節是有用的。

在這些章節之後是「研究程序」一節，這是研究方法一章的核心。這一節要說明的是你做了些什麼事，論文評審會仔細閱讀「研究程序」，因此別讓自己看起來在試圖隱瞞某些事情。關於自變項和依變項要提出許多

細節說明，你在修辭上的目標則是把研究程序和出版的論文所述的研究程序連結起來。如果採用已經被應用過的實驗操作方法，請引用有代表性的以往實驗，即使該操作方法很知名。如果是由你發明的操作方法，就引用採用類似操作方法的研究，或者能指出你的操作方法合理的研究。如果你的依變項涉及到參與者的依類分組（例如，高社會焦慮組和低社會焦慮組），應說明分類的基礎（例如，切點分數、常模、常規），並且引用使用相同分類基礎的以往研究。把你的研究程序與以往的研究連結起來，會減輕讀者對你的研究方法效度之疑慮。

評審會想了解你如何評量依變項。如果你的依變項設定得很適當，就引用曾經設計或應用過這些量表的論文。對於專門的測驗，則引用測驗手冊的內容和應用這些測驗的最新論文。如果你的依變項很特別——例如自己寫的自陳報告項目，應列出每個項目並引用曾使用過類似項目的論文。對於自陳報告量表，要列出量尺數值——例如七分量表的數值可以是 1 到 7、0 到 6 或 − 3 到 ＋ 3，以及這些數值的定義（例如，1 ＝毫無、7 ＝極端）。如果依變項的量數代表心理的或行為的表現，請簡要說明支持該量數建構效度的以往研究。

藉由說明之後的實驗與第一個實驗在方法上的差異，可以節省論文提及一系列研究所用的篇幅。例如，如果三個實驗都應用相同的設備，不需要說明這些設備三次。在說明之後的實驗時，只要提到它們使用相同的設備即可。

㈤研究結果

「研究結果」一章說明對研究結果的分析。論文初寫者會覺得有必要陳述各項可能的資料分析結果，但這或許是因為學位論文的評審委員想要看到這類的分析。期刊論文應該簡潔明白：只陳述與研究問題有關的結果。寫得不好的研究結果章節會列出一大篇數字及統計考驗結果；寫得好的則

像是在陳述一段故事（Salovey, 2000）。首先，先從能告知讀者本研究完整性的結果分析寫起。這一章可能會陳述自陳量表的內在一致性（internal consistency）、評分者一致性的預估值、實驗操作之檢核的分析結果，或者資料化約及處理的方法。

其次，以邏輯順序來陳述分析的結果。分析的方法不只一種——端賴研究方法和實驗假設而定，但試著以醒目字體的方式闡述你的重要發現。Salovey（2000）建議先陳述最有趣、最重要的發現。在說明研究結果時，不要漫不經心地按照假設檢定的順序。至於每項假設檢定，要提醒讀者你原來的假設、要說明統計結果，然後討論此假設檢定的意義。「但是研究結果討論是針對綜合討論！」初寫者如是抗議。這是人們從大學部的研究方法課程學到的錯誤概念。「研究結果」這一章並不只是數字的彙整，請勿僅僅陳述單因子變異數分析的結果，然後就指稱統計結果達到顯著。應該要說明你的預測、陳述統計考驗的過程，然後說明研究發現的意義。哪一組的表現高過另一組？該模式是否符合你的預測？

第三，使用圖表來減少會干擾大多數研究結果陳述的混亂數字。筆者在評審論文時最常提出的意見是：「作者應該以圖表來呈現描述性統計的結果。」至於實驗設計，請編製呈現平均數、標準差和單元格大小（cell sizes）的表格。若再加把勁，則應該設定95%的信賴區間——評審會欣賞你的坦誠、讀者也能夠應用你的資料自己計算分析的結果。至於相關分析的實驗設計，請編製呈現平均數、標準差、樣本數、信賴區間、內部一致性估測值和相關矩陣的表格。有了這些資訊，讀者可以就你的資料去設定及檢定有結構的等式模式（Kline, 2005）。沒有任何規則不准許同時以圖和表呈現資料：圖的呈現是為了想要了解資料趨勢的讀者，表的呈現則是為了想要了解細節的讀者。

㈥討論

如果論文包括幾個研究，「討論」一節會接在各節「研究結果」之後。這些章節會比「綜合討論」更簡短一些，其內容會摘要研究發現並討論該研究如何回答論文的核心問題。討論也必須談到實驗的限制，例如未預期到的結果或程序上的問題。如果你的各節「討論」只是摘要研究結果，請考慮再寫「結論與討論」一章。

㈦綜合討論

「綜合討論」係從其他理論及以往研究的觀點來檢視你的研究發現。先從簡要回顧你的研究問題和發現來撰寫綜合討論：一、兩段文字通常就已足夠。除了內容通常很短之外，寫得好的綜合討論其共通處很少——研究的問題、方法和研究範圍會影響你應該討論的內容，因此請思考平時你如何閱讀綜合討論這一章。你想要略讀、跳過，或者抱怨作者對該研究各個次要方面的無益討論？試著讓綜合討論一章的篇幅短於序論，如果你喜歡的話，可以用一段文字摘要整篇論文來總結綜合討論。

你在大學時的研究方法課教授告訴你，提出研究限制來結束綜合討論；你的碩士論文評審委員可能也要你寫出這一節。說明研究限制是有用的練習，但是對想投稿專業期刊的論文而言，這方面的說明往往不得要領。有些限制是所有研究皆然。的確，如果樣本更大、更有代表性，就會更好一點；的確，如果包含更多評量方法，就會更好一點；的確，可以想像得到，如果未來的研究對更大的樣本採用不同的評量方法，將會發現不同的結果形式。不要侮辱你的讀者——人人都知道這些限制是所有研究都有的。其他的限制對某個研究領域而言也很普遍。例如，認知心理學家了解，他們採用的是人為的電腦本位實驗任務；社會心理學家知道，他們就近從大學

生抽樣做研究；同行的專家則了解你的研究具有這個領域的共同限制。不
要浪費時間陳述明顯的限制，反而要把篇幅留給本研究的特定限制；也不
要只是提出此研究的限制——更要提出適當理由說明為什麼這些限制不像
表面所見的令人討厭。

(八)參考文獻

　　「參考文獻」的部分提供影響論文構思的資料來源。藉由使著作深度
符合科學領域的要求，參考文獻對於你如何看待自己的研究透露了許多訊
息。要有選擇性——不必引用關於這個主題所讀過的全部資料，而且永遠
不應該引用未曾讀過的書或論文，因為讀過這些論文的學者會知道你是從
其他來源篩選出參考文獻。雖然不如序論一樣吸引人，也不如研究結果一
章的內容充實，參考文獻還是值得用心編寫。身為論文評審，筆者看過許
多草率拼湊的參考文獻，懶惰的作者常常嚴重違反APA的格式，而且未把
正文引用的論文列入參考文獻。有人可能會說：「這有什麼了不得？只是
參考文獻而已。」在鄰近研究室的朋友可能會看到你的草率參考文獻；而
匿名的評審同儕理當看到你的最佳著作。

　　經驗豐富的作者會利用參考文獻來增加論文被心儀的評審審閱的機會。
當期刊編輯在考慮由誰評審你的論文時，他們常常會翻閱參考文獻部分，
以了解你引用了哪些人的著作。我不確定這種手法是否奏效，但可能無傷
大雅。而且，也可以在你的新論文中引用自己過去的著作。但是自我引用
會使某些作者想到不顧面子的自我膨脹作風，筆者曾經遇過不願意引用自
己著作的作者，而他們常常都是論文初寫者。引用自己以往的著作可以把
最新論文和自己的一系列著作連接起來。如果有人因為對你的研究有興趣
而閱讀你的最新論文，他（她）可能也有興趣閱讀你的其他論文。自我引
用會使讀者更容易了解這些著作。

二、提交論文

當你的論文寫得很好、很清晰，也盡可能完美之後，就可以準備向期刊投稿。如果你考慮：「現在就投稿，等到稍後被退回修改時再來梳理。」請停止考慮，立即開始修改。只有受虐狂才會拿未經修改的稿件向期刊投稿，整齊完好的論文才會得到評審的注意和尊重，同時也是向編輯表示你是認真的專業者，可以相信你會快速徹底地修改論文。在提交整齊完好的論文之前，請閱讀登載在期刊網站上的投稿須知。請仔細閱讀這些須知，因為期刊有不同的投稿要求。大多數期刊會接受以電子檔投稿，無論是透過電子郵件或網站為本的投稿窗口。

無論用什麼方式投稿，你都必須給編輯寫一封附函。有些人會寫簡短的標準信函；有些人會就自己論文的優點和重要性另寫長篇附函。筆者問過曾編輯某些重要期刊的朋友其偏好，他們一致偏愛附有重要制式文件的簡單信函，包括論文主題、作者的郵址及電子郵件信箱、保證該論文目前未受到其他單位評審的制式證明，以及研究資料的蒐集係根據該學門的倫理規範。有一位副編輯注意到自己往往不讀作者的附函，因為收稿窗口很難查閱到這些附函；另一個人則告訴筆者，她想要從論文本身而非關於論文的信函決定是否錄取該論文。

在附函中，你可以建議可能的評審，並且要求某些人不可擔任評審。筆者曾聽編輯朋友們提到，他們看重「不宜評審者」名單更勝於友好評審者單。也許副編輯之中有一位很適合評審你的論文。如果你願意，可以要求編輯把你的論文分給副編輯評審（雖然我曾經要求過幾次，卻從未被那位編輯評審過）。

三、理解評審意見和修改後提交的過程

　　某次隨意翻閱《兒童發展》（*Child Development*）的過期期刊，筆者讀到一篇一九七〇年代早期的「編者的話」。文中，編輯者說明同儕評審的過程，並且提到平均的回覆時間是六個星期。想想三十年前，作者把一疊紙本論文寄給某位編輯，這位編輯再把這些論文寄給評審。評審在打字機上寫好評審意見之後，貼上郵票把評審結果寄給編輯。然後編輯把評審意見複寫一份存檔，打好答覆信之後連同評審結果寄給作者。今日的作者、編輯和評審係透過電腦來通信，他們常應用的是複雜的網路本位窗口系統，該系統管理投稿作業、對評審和編輯寄提醒函，以及透過自動郵件回覆的功能而消除所有延誤的情形。在等待評審結果時真該感謝科技的進步。

　　編輯的答覆信之內容通常會摘要評審者的評審意見重點，以及對於這篇投稿論文的決定。編輯會做出三種決定：論文被接受、修改後再提交、不接受。

1. 我們很容易詮釋被接受的情況。編輯表示論文已被接受，並且要你完成某些表格；有時編輯會接受還需要稍微修改的論文。論文很少第一次提交就被接受，即使喜歡該篇論文，編輯也會要求作者刪減或增加內容。有時有些編輯會原封不動地接受論文——這是為什麼應提交紮實有力文稿的另一個理由。

2. 還有被接受的機會時，表示編輯會考慮接受修改後的版本。這類決定之範圍從暗示可能接受的鼓勵信到暗示修改會很吃力的勸阻信在內。機會大開的情況包括簡單的修改，例如重寫部分內容或增加一些資料。有被接受的機會時，很少需要做費力的修改，例如蒐集更多資料和重新思考研究的概念基礎。有時編輯會表示，他們把大幅

修改的論文視為重新投稿來處理。

3. 如果被拒絕，表示編輯不想看到你這篇論文。有時，不給機會的拒絕會激勵你向別的地方投稿；有時，編輯會寄給你他（她）把所有論文複本都撕碎的證據。如果已被拒絕，不要再重新投稿以免引起編輯的不滿。

即使經驗豐富的研究者也常常不確定編輯是否願意考慮修改版的論文。「拒絕」一詞未必意味著你的論文不能再投稿。許多編輯使用「拒絕」一詞指稱任何他們現在不接受的論文，他們可能會拒絕你的初稿但是打算接受修改稿。筆者懷疑某些不喜歡衝突的編輯使用給予機會的勸阻信來刷掉作者——例如「我們樂於考慮修改後的論文，它應該包括三個新的實驗和重寫的序論及綜合討論。」如果不確定是否被拒絕，可以把評審意見拿給朋友看，或者寫一篇電子郵件給編輯請求其說明清楚。

如果有重新投稿的機會，請考慮你是否願意去做。編輯可能想要新的資料、新的結果分析和大量重寫的內容，因此這個寫作計畫值得付出努力嗎？你的原本決定應該是去做重新投稿所需要的事，但請記得，所有期刊都有很高的拒絕率。接受重新投稿的邀約，你就已經騙過拒絕率之神。如果該期刊有很高的聲譽，你應該努力修改論文，例如增加另一個實驗。如果該論文的優先排序很低，你可能要向別處投稿而不是花費更多時間蒐集資料。

在允諾修改再提交之後，你必須擬訂修改論文的計畫。請詳讀編輯的回信和評審意見，然後摘要修改重點（請勿說成「可修的」重點——那是傾向於「可喝的」和「可吃的」之類令人嫌惡的詞）。修改重點是論文修改的目標，閱讀編輯的回信和評審意見，劃底線強調每一則指出修改處的意見。它可能是內容文字上的修改——補充、刪去或重寫某些文字，或修改結果分析。它也可能是增加或刪去某個實驗的重大修改。許多評審意見都很不著邊際或東拉西扯，因此長篇的評審意見可能只有少數的修改重點。

在找出這些修改重點之後，要盡快修改論文。在第三章，筆者建議應該把修改論文列為高度優先的寫作計畫目標，因為它們類似出版的工作，目前的速度不可慢下來。有些編輯會提出再提交修正稿的時限，例如六十天或九十之內。

如果再提交論文，你需要寄封附函說明如何處理評審的批評和意見。你應該寫一封強調主要修改處的短信，還是通盤列出所有的修改處？筆者對期刊編輯的正式調查發現，他們一致贊同再提交論文時要寫長篇的詳細附函。大多數編輯都會抱怨附函寫得敷衍了事（例如「我們修改了很多；希望您喜歡。」）、抗拒做任何修改，或者提到所做的修改卻不提為什麼忽略某些評審意見的作者。藉由明確指出你做了和沒做哪些修改，詳細的附函會使編輯更容易接受你修改後的論文。

再提交函必須詳盡且又有建設性；你必須徹底又坦白地處理各個修改重點。發表量大的人會寫出極好的再提交函，這些信函說服編輯接受你做的修改，並且向其顯示你是善於接受回饋又認真的科學家。簡短而含糊的信函會使作者看起來好像在隱瞞某些事；長篇的詳盡信函則使作者看起來既認真又有建議性。要有禮而專業——你的信函不是用來貶低懶惰的評審、針對有敵意的評審而為自己的榮譽辯護，或者誇耀自己在統計上的優越能力。回擊會很吸引人，但應該反過來採取較高的科學觀點。

筆者蒐集了一批著作量大或擔任過期刊編輯的同儕所寫的有力再提交函，我從其中歸納出下列你應該做的事。

1. 信函起頭先感謝編輯提供的意見，以及給予再提交論文修正稿的機會。縱使你會比較偏好被不折不扣地接受，還是應該設法打敗期刊的拒絕率。

2. 為各項修改重點寫個標題。許多作者按照評審的次序來組織信函內容，其典型結構是立個「您的評審意見」之標題，接著列出「評審一的意見」和「評審二的意見」等等。在每個次標題之下，分點詳

盡回答評審的各項意見。分點舉列會使信件內容更簡明，也容易參照之前的評審意見。例如，也許兩位評審都建議對樣本做更詳細的說明，雖然你在「評審一的意見」中有談到，在「評審二的意見」中也要提到，但是只要簡單加註參見前面某編號的回答即可。

3. 以三段法來處理每個修改重點。首先，摘要評審的意見或批評。其次，說明你如何回應該意見；盡可能引用論文的具體頁數來說明。第三，討論此修改處如何解決評審的意見。

4. 編輯不期望你接受每個建議，卻期望你說明為什麼不接受。筆者曾見過某些再提交信，作者在信中很固執地拒絕做輕微的修改，例如把小的表格合成較大的表格或論文長度減少 10%。請自行決定要辯護什麼。如果你不接受某項評審意見，在附函中要特別詳述，要為不做這項修改提出合理的說明。

5. 要表現專業態度；不要諂媚奉承。編輯不會把評審看成天才，因此不會期望你把評審意見視為熟練的、偉大的、卓越的或有見識的看法。若換成編輯的角色來看，討好性質的附函是否會說服你，或者你會認為「這個人是個傻瓜」？

寫得好的再提交信會使你看來像個認真的學者——因為你的確是。以建設性方式處理批評的人，其著作值得出版。就筆者而言，有時寫再提交信所花的時間會比修改論文更長。我有一篇論文（Silvia & Gendolla, 2001）的再提交信寫了 3,200 字，相當於本書第五章的長度，而我發表過的某些論文之字數還少於 3,200 字。

四、「如果他們拒絕我的論文，怎麼辦？」

許多作者害怕收到負面的回饋、害怕被拒絕或犯了錯。關於成就動機

的某個經典理論認為，有兩種動機會影響表現：追求成功和避免失敗的需求（Atkinson, 1964）。情境因素會增強這些動機，而寫期刊論文似乎會引發作者的避免失敗需求。許多作者——尤其是學術寫作的入門者——會反覆思考被拒絕的問題。他們擔心編輯會怎麼說；幻想著評審在讀論文時面露不悅之色；以及，害怕在收件匣中看到拒絕信。

　　避免失敗的動機會令人自問「如果他們拒絕我的論文，怎麼辦？」之類的問題。當然他們會拒絕你的論文，在寫論文時，你就應該假設期刊將會拒絕這篇論文。決策理論指出，在不確定的情況下要做出決定，基本率（base rates）是最合理的預測值。如果某個期刊的投稿拒絕率是80%，那麼接受的基本率就是20%。在缺乏其他任何資訊的情形下，合理的預測值是你的論文有20%的機率會被接受。由於沒有任何期刊有低於50%的拒絕率，因此筆者假定我投稿的每篇論文都會被拒絕。這是唯一的合理結論，而我被拒絕的次數也支持這項理性的信念。

　　你可能會說：「這真悲哀，如果預期會被拒絕，你怎麼會有寫作的動機？」首先，人們不應該受動機影響而寫作——不管心情好不好都應該執行寫作時間表。第二，初學者似乎認為他們是唯一被拒絕的對象，事實上，發表大量論文的人也收到大量的拒絕信。心理學界最多產的作者每年被拒絕的次數多過於其他作者十年內被拒絕的次數。說也奇怪，筆者發現，基本拒絕率反而令人安心，它使我對可能的結果比較確定，當論文被拒絕時我不會覺得那麼糟，也會讓自己在完成論文前避免沉溺在作品被出版的無益幻想之中。

　　如果預期自己會被拒絕，你會寫得更好，因為你會使避免失敗的動機減弱。受逃避失敗的動機驅動的作者會寫出讀起來有辯護意味、空洞無聊又內容不明確的論文。他們未盡力看起來不錯，卻試著看起來很糟，而讀者可以讀出他們的恐懼。相反地，被成就動機的需求所驅動的作者會寫出讀起來有自信、有控制力的論文。這些作者把焦點放在著作的優點上，堅持其研究的重要性，以及傳達出有說服力的自信心。

至於評審是否會討厭你的論文：是的，有時他們會討厭你的論文。以下的摘要來自筆者最近接到的一封用詞毒辣的拒絕信。在摘要評審意見時，編輯寫道：

> 兩位評審都認為你的論文未達到出版的水準，其中一位評審認為此論文無重要貢獻、誤解互斥的理論、結論和獲得的證據之間無密切連結，而且不精確的寫作風格損害了論文品質。另一位評審認為此論文未能進一步建立精確完整的模式、其主張缺乏支持的證據、省略了普遍重要的研究和概念，而且有一些錯誤的理論假設和批評。

這就是編輯對評審意見的誠實摘要——其中一位評審很刻薄。但這沒有關係，我從評審意見摘要出修改重點，修改之後再對不同的期刊投稿。考慮到基本率，這篇論文可能又會被拒絕。

有時，拒絕的方式既惡劣又不公平，而且理由乏善可陳。有時你會發現編輯或評審並未仔細閱讀你的論文，但是要忍住想對編輯抱怨的衝動。我聽過有人曾寫過語氣憤怒的信給編輯，信中指責評審是懶惰的外行。這類信件永遠不會有用，其原因可能是編輯通常和一位以上的評審是朋友。有些人建議可以寫這種怨恨信，但不要寄出去。這種作法其實更不理性——為什麼要浪費排定的寫作時間做這種無益的發洩？把時間改用在修改你的論文吧。世界是不公平的（p< .001），因此，從評審意見中得到你能得到的，然後修改論文，向其他地方投稿。

為了大量寫作，你應該重新思考對論文被拒絕和出版論文的心智模式（metal models）。被拒絕就像是被抽出版營業稅：你出版愈多論文，被拒絕的次數就愈多。遵行本書的訣竅會使你成為系上論文被拒絕次數最多的人。

五、「如果他們要我全數修改，怎麼辦？」

期刊是科學界的公開紀錄，你的論文會印在無酸紙上然後永久收藏於圖書館，無論時間會多久。當人們把自己著作連結到他人著作、在自己的研究中找出問題、適當地分析資料，以及避免對自己或他人的成果做出誤導的說明時，科學的進步就會更快速。期刊不是心理學家高談個人意見的論壇——那是學會通訊和學術會議的目的。科學把出版的研究報告維持在高標準狀態，而且採用同儕評審方式進行品質控制。你會被要求修改論文；而且，有時這些修改的範圍很大。如果這讓你覺得困擾，那麼你會很討厭聽到人說，出版的論文總是比其初稿更好。出版的研究報告更有焦點、尋釁意味較淡，內容也更周全。同儕評審是令作者厭煩的事，但是它對心理學達成科學使命而言很重要。

六、合寫期刊論文

也許要集全村之力才能進行某個研究計畫，但是村民不應該插手寫論文之事。筆者曾問過很多人關於如何和幾個人一起合寫論文的問題，幾乎所有人都說其中一個作者會是主要的執筆者。這些作者會共同列出大綱且一致通過，但由某個人寫出內容。論文寫成之後，所有作者都會讀過、提供意見，或者在必要時重寫某些部分。其變換方式則是把各章指定給不同的作者來寫，常見的分工方式是指定一人寫研究方法和研究結果，另一人寫其他所有部分。然而筆者的確發現，有些人實際上是一起合寫，兩個作者會拉了兩張椅子坐在一部電腦前面、討論要寫些什麼，然後把鍵盤移來移去地寫起來。有人說，在寫經費申請計畫時，他和某個同事會在同一間

研究室放兩部電腦，然後一起寫。這個方法讓他們能解決計畫上的缺失並且透過發問相互打斷。也許，畢竟只有少數村民能碰論文。

請留意合寫論文的對象。在未討論由誰主筆之前不要承諾合作研究。如果你的合作夥伴是個狂寫者，你對於他（她）的確保論文很快寫成或對研究表達興奮之情，要有所懷疑，因為熱忱不代表承諾。如果你無法信任合寫者，就以第一作者的身分去寫初稿。有時，在你完成辛苦的寫作工作之後，合寫者就會一直對論文提供意見。把初稿交給合寫者時要訂出回覆期限，例如：「兩週之內我要投稿，請在這之前給我意見。」然後在期限到時把論文寄出去。我有一位朋友寄給未盡責的合寫者一封以「你被除名了」為題的電子郵件，這個方法奏效。

對研究生而言，未盡責的合寫者是個大問題，尤其如果合寫者是指導教授。許多學生抱怨指導教授把他們的論文扣住——有些教授花幾個月或幾年的時間才對學生的論文提供意見。研究生很難對指導教授發號施令，因此比較低調的策略才恰當。為什麼不向其他教授、系主任或所長陳情？如果陳情無效，就把本書這一頁的內容影印下來匿名放在你指導教授的信箱中，比較急躁的人可以再附上論文。最後，給你的指導教授設定截止期限再自行投稿。不願意閱讀學生的論文及提供意見，表示對訓練研究生和科學研究過程欠缺責任心。研究生可以告知教授：「我真的必須在四週之內投稿，」然後在兩週和三週之後提醒他（她）。

七、寫評論性文章

在寫過幾篇實證性論文之後，可能是考慮寫評論性文章的時候。許多人會閱讀評論性文章：研究者尋找新概念、學生學習新領域、教師準備教學，以及政策制定者了解心理學新知。只要熟悉美國心理學學會提供的論文格式，實證性論文很容易寫，但是寫評論性文章就需要技巧。動機的問

題都一樣──就是執行寫作時間表，但是內容組織的問題不相同，因為研究者可以採用不同的目標、結構和方法來寫許多類型的評論（Cooper, 2003），而且沒有公式可言。

　　由於評論性文章如此多元，你必須做許多的規劃。其中第一個決定是關於文章範圍，例如《心理科學趨向》（*Current Directions in Psychological Science*）的某些評論性質的期刊只出版短篇的簡要評論，有些期刊則出版長篇的完整文章，例如《心理學評論》（*Psychological Review*）、《心理學通訊》（*Psychological Bulletin*）和《普通心理學評論》（*Review of General Psychology*）。你的文章會有多長？第二個決定是關於文章的讀者。除了一般的評論性期刊之外，心理學有許多只針對特定主題的評論性期刊，例如《臨床心理學評論》（*Clinical Psychology Review*）和《人格與社會心理學評論》（*Personality and Social Psychology Review*）。你想要涵蓋所屬領域的大多數讀者，還是只為專家讀者而寫？

　　在知道文章的範圍和讀者群之後，你需要的是能發展其重要概念的大綱。評論性文章必須有獨創的觀點；不能只是評論以往的文獻。最差的評論性文章是把其他文章的內容串在一起，閱讀一個接一個不斷重複的研究──有的文章發現這個、有的實驗發現那個、有的研究有其他發現，有如觀看烘乾機裡的衣物在旋轉，除了最後會有好東西從烘乾機拿出來。為了產生獨創的觀點，請思考創造力研究對於解決問題和發現問題所做的區別（Sawyer, 2006）。解決問題型的評論會說明問題（例如有爭議的或含糊的研究領域）的性質，並提出解決問題的方案（例如新的理論、模式或詮釋）。發現問題型的評論則產生新的概念，並且找出值得更加注意的主題。寫得好的評論性文章包含問題的解決和發現，例如，探討如何解決兩個理論之間的衝突，往往會指出未來研究的新方向。你想要解決的問題是什麼？有哪些新想法是出自你的解決方案？

　　評論性文章最常見的缺點是缺乏獨創的觀點。有些作者會改寫舊的研究卻不做出結論；有的作者說明互斥的理論卻不提出解決方案。這項缺點

的成因有二。首先，如果作者沒有任何新想法就無法形成新想法。這種情形是會發生，因為在閱讀大量的著作之後，你可能會了解到自己已無任何獨創的觀點可以補充。若是如此，不要固執地寫一篇評論性文章來證明自己花了時間讀論文。其次，有些作者不先寫大綱。他們坐在一堆論文旁邊，冷靜地陳述每個研究，然後在文章最後加上一段「批判式摘要」。複雜的寫作計畫必須有紮實的摘要——少了它你的獨創觀點會被過去大量的研究蓋過。不寫大綱的人不宜撰寫評論性文章，他們應該開車到當地的動物庇護所領養一隻狗，因為儘管主人有弄巧成拙的不理性習慣，狗兒還是會愛他們。

如果你有獨創的觀點，不要藏在蔬果籃——如果沒有蔬果籃也不要藏在洗衣籃裡（譯註：比喻勿隱藏或害怕露鋒芒）。獨創的觀點應該出現在論文的前幾段中。評論性文章的第一個部分應該介紹核心概念、本文大綱，以及預示你打算提出的獨創觀點。編年式的寫法很吸引人——先寫理論一、再寫理論二、然後進行批判式分析，但是別這麼做。評論性文章會包括大量資訊，因此在文章開頭需要給讀者適當的大綱。不同於高技巧的推理小說，高技巧的評論性文章在第一章就透露罪犯是誰。

評論性文章聽起來好像很難寫，確實如此。這是為什麼狂寫者很少寫評論性文章的原因：有太多東西要讀、太多東西要消化，也有太多東西要寫。但是有反思力又有紀律的作者不會畏懼，如果你有寫作時間表，評論性文章很難寫並不要緊：你有明確的目標、不可違背的時間表和良好的習慣，因此完成評論性文章只是時間的問題而已。在決定要寫這類文章之後，花一點定時寫作的時間來徵詢建議。Baumeister 和 Leary（1997）針對撰寫敘述性評論，寫了一本很精采的指南；你也可以從 Bem（1995）、Cooper（2003）和 Eisenberg（2000）所寫的文章中找到很好的建議。

八、結語

　　在苦寫第一篇論文時，有些作者會問：「他們為什麼會在乎我的研究？」如果「他們」是指一般外界，筆者可以向你保證他們對你的研究不感興趣；但如果「他們」指的是同行研究者，你就應該預期有些人會對你的論文有興趣。請記得你是在為興趣相同的專家讀者撰寫技術性文章，你的論文在被出版之前被會拒絕一、兩次，但是好的論文總是會被出版。要寫出好的論文，必須熟練論文格式、以整齊的初稿投稿，以及練習寫出極好的再投稿信。你將發現學術期刊的世界並不可怕：它只是很慢。

第七章

撰寫專書

　　偉大的心理學家因為偉大的著作而被後人懷念。沒有人會讀 Gordon Allport 和 Clark Hull 寫的期刊論文；人們讀的是反而是《人格的模式及成長》（*Pattern and Growth in Personality;* Allport, 1961）和《行為原理》（*Principles of Behavior;* Hull, 1943）。本章內容是關於撰寫專書。如果你想要寫一本書，你會找不到太多的實用建議。心理學界的執著於寫期刊論文，已經啟發了一大堆關於如何出版期刊論文的專書章節和期刊論文（例如Sternberg, 2000）；但只有少數的參考資料是針對啟發撰寫專書。因此，本章比其他各章談到更多的筆者個人經驗，我將分享自己在寫書時費力學到的訣竅（Duval & Silvia, 2001; Silvia, 2006），以及我從有經驗的專書作者所得到的好建議。

　　你可能想要跳過這一章。「我永遠不會寫專書，寫一篇內容貧乏的期刊論文就已經很難了，」你也許這麼想。寫書就像是寫任何作品：你坐下來然後打字。書比期刊論文花的時間更長，但也不過是遵行寫作時間表的問題而已。在寫經費申請計畫時，T. Shelley Duval〔《客觀的自我覺察理論》（*A Theory of Objective Self-Awareness;* Duval & Wicklund, 1972）這本經典的合著者〕曾說：「寫這個申請計畫的時間我可以拿來寫一本書。」

（他說的對——筆者寫此書初稿所花的天數少於最近所寫的經費申請計畫）。但是寫書在知識上的收穫大過於寫期刊文章。專書的重要性大過期刊論文、合編書的某些章節或編寫的全書，而且提供了處理大問題和針對爭議問題下結論的機會。

一、為什麼寫書？

和知名作者的會面激勵我要寫一本書——我認為這會很有趣。在大學時代我曾經和 T. shelley Duval 一起工作，我記得初次讀到他的書時感覺很奇怪，之後也曾和他談過我的感受。我在堪薩斯大學讀研究所時遇到許多寫過偉大著作的社會心理學家（例如，Batson, Schoentrade, & Ventis, 1993; Brehm, 1966），單單 Larry Wrightsman 一個人就寫了將近二十四本書（例如，Wrightsman, 1999; Wrightsman & Fulero, 2004），之後 Fritz Heider（1958）的傳奇著作《人際關係心理學》（*The Psychology of Interpersonal Relations*）仍然庇蔭著該系。

人們因為不同的理由而寫學術類書。許多作者告訴我，他們是因為很想知道自己關於某個主題的想法而寫書。為了解而寫，對於針對某個複雜問題形成深入精微的理解，是有用的方法（Zinsser, 1988）。在寫完書之後，你會有值得花十年研究的想法。有些作者告訴我，學術類書是一系列期刊論文的頂點，當人們想要總結某方面的研究時，他們會寫一本書摘要所做過的研究，並且激勵其他研究者探究尚待處理的問題。對某些作者而言，專書是說明其研究複雜性的唯一方式，例如，在心理學史上，研究者大量寫書是因為他們有像書那麼多的問題；有些人則只是認為寫書會很有趣。

也許你想要寫一本書。教學對心理學的科學使命而言很重要——好的教科書會把期刊論文中生澀難懂的語言轉譯成日常用語，因此心理學家總

是需要好的教科書。許多作者受到版稅的誘惑而投入寫教科書，少數教科書的確使其作者富裕，但大多數則否。許多教科書因乏人問津而絕版：出版之後只有少數教師採用，因此出版商拒絕再版。甚至最佳的教科書——內容整合、目標遠大又有前瞻性，也落得這種不光彩的下場，因為人們沒看過或聽過這些書，於是低估了永不印出的教科書數量。如果一本書不再版，就會絕版而消失於書市。你若是被金錢引發外在動機，請找出寫教科書的其他理由，例如對坐下來打字有強烈的興趣。

二、如何以二易一難的步驟來寫書

(一)步驟一：找到合著者

寫書就像是重新油漆浴室——如果有同伴一起做會更有趣。針對寫第一本書，請考慮找個合著者，你可能有一些研究興趣與你相同的好朋友，如果他們想要參與，為什麼不邀請他們合寫？由於幾個明顯的理由，合著是個好方法。兩個作者比一個作者寫得更快；這會讓你空出寫作時間進行其他的寫作計畫，例如寫論文和經費申請計畫。再者，具不同學術興趣的合著者可以補充你的專長，讓書的內容更豐富。也因為幾個不明顯的理由，合著是個好方法。寫書要面對決定內容架構、組織和一致性的困難決定，如果你是唯一的作者，沒有人可以幫助你做這些困難的決定，但合著者會是唯一了解做這些決定之背景的其他人。如果你無法找到合著者，或者你的書最好是自己單獨寫，那就找個指導者。你有朋友或同事對於寫書過程的多變狀況能提供建議嗎？

選一個寫作量大的合著者。這個建議很明白，但如果一個產量高的作者和一個產量低的作者決定一起合寫一本書，就會發生慘劇。不要把熱忱

和承諾混為一談。你的可能合著者曾經寫過書嗎？你的合著者曾經出版過期刊論文嗎？別讓你的書或友誼陷入麻煩。產量高的作者抱怨：「他怎麼了？他為什麼就是不坐下來寫？」產量低的作者則抱怨：「他有什麼問題？他應該別再囉嗦、別再追著我跑？」產量高與產量低的作者還是可以合寫一本書，如果兩者都能了解分工狀況的話。高產量作者可以負責寫內容，低產量的作者可以列大綱、對各章初稿提供批評意見，以及修正該書部分內容。如果低產量作者有特殊專長，他（她）也許可成為好的非執筆合著者。

(二)步驟二：規劃內容

很奇怪，有些作者對於列大綱一事就是很固執，即使他們知道這樣做比較好。我必須事先警告：不規劃，不可能寫好一本書。書的內容太多，寫書的第一個步驟——可能會費時幾個月的步驟，是形成紮實有力的內容目次。宜透過腦力激盪把對於該書的內容構想發展成目次。在腦力激盪的過程中，你會看到概念之間的層級結構——較高階的概念會是各章的主題。有些作者會寫許多簡短的章節；有些作者則寫更短的章節。大致說來，一本學術類書通常內容在八到十四章之間，教科書則通常是十二到二十章之間。

暫訂的內容目次會隨著實際撰寫而改變。當沉浸在寫書之中，你將會形成新概念而重新思考舊概念。你可以增加新的一章、把比預期更短的兩章加以合併，或者把較長的一章分成兩章。這都很好，但不要在沒有紮實的內容目次時就開始寫。在我開始寫各章內容之前，我可能會花兩個月的時間仔細思考該書的內容目次。

內容目次包含了各章大綱，你應該以少數幾段文字說明各章的主題。需要寫出各章大綱的理由有二。首先，寫書很難，只有笨蛋和半吊子會在不知道各章主題的情況下嘗試寫一本書。你不必過度列出各章大綱，或甚

至知道你要寫的每個重點，但必須清楚知道各章的目標及其對該書整體目標的影響。其次，要得到出版社的著書契約，你必須向可能合作的出版商說明各章重點。評審專書撰寫計畫的人會仔細審閱你的內容目次，以了解你對該書的想法有多縝密。

如同一起油漆的夥伴能幫助你清理刷子，寫作夥伴也能幫助你列出大綱。在列大綱的階段——涉及到實際寫作的第一個階段，你和合寫者可能會彼此不同意該書的重點。這沒有關係——這些歧見說明合著必須付出的代價。獨自一人寫書時，你不必與人達成妥協，但是寫得不順時，你就必須面對自己創造出來的心魔。與人合著時，你會對該書內容、組織和重點有不同的想法，妥協可能會令你困擾，但是好的合著者會讓你跳出既有的窠臼。畢竟兩個臭皮匠勝過一個諸葛亮。

(三)步驟三：寫出該死的內容

即使是最遲鈍的讀者現在也已經看出本書傳達的簡單訊息：要大量寫作，你必須訂出寫作時間表然後執行。這就是寫出一本書的方法。不要等到暑假也不要等到放年假才動筆，即使是沒中風的狂寫者在放年假期間也能寫完幾章，但是十二個月要寫完所有章節的話，時間還是很不夠。當狂寫者重拾教學、研究和服務的責任之後，撰寫中的書稿就會被擱置。有點遲鈍的筆者自己是以費力的方式學到上述簡單知識。在漢堡大學（University of Hamburg）做博士後研究期間，我開始寫《興趣心理學之探究》（*Exploring the Psychology of Interest;* 2006）一書，藉著安靜的辦公室、濃烈的德國咖啡，以及少量的負擔，在六個月之內我狂寫完成該書的大部分內容。由於未依照時間表來寫作，在接受正式教職之後該書的撰寫就停頓了。

這章跳過那章的寫法——致力於有趣的部分卻忽略困難的部分，很吸引人。使用這個方法的作者可以寫上好幾百頁還寫不完一章，簡單的部分

都寫完了會令人很洩氣，因此要按照各章順序來寫。有幾位作者建議先從第二章依序寫起，然後寫第一章，最後再寫序言。這個建議很好，因為書的內容會掙脫作者的掌握，許多作者都指出，他們永遠無法以想寫的內容來結束一本書：他們說，最後的內容會更好但不同於預期。我們無法導讀自己未曾讀過的書，因此在提出自己會寫些什麼之前，宜先等看看寫出了什麼再說。

寫書涉及到大量閱讀、研究和建檔。筆者學到的最佳訣竅是以章別而非主題來組織參考資料，因為作者會很快從各章來思考他們寫的書——他們會說「這篇期刊論文很適合第四章」或「我會用這個引句來結束第八章」。如果你針對所寫之書的心智基模是按照章節來組織，你也應該依各章順序來組織參考資料。寫過幾版專書的作者指出，這種方法很容易組織下一版的內容。

如同對期刊論文，你應該要監控書的撰寫進度。由於很容易忽略長期的寫作計畫，在寫一本書時，筆者會持續用某張表格來追蹤寫作進度，表7-1呈現我寫的《興趣心理學》一書（Silvia, 2006）之進度表。此表格有各章序號和題名，就各章而言，筆者監控的項目是頁數和字數（大多數作者以頁數衡量論文長度，但是大多數的編輯和出版商是以字數來衡量）。此表格有自動計算總頁數和字數的內建公式，同時也可以註記初稿和修正是否完成。你可以為自己的書增加新的行列，例如，如果是兩個作者合著的書，可以加上一欄記錄負責各章撰寫的人是誰。如果像撰寫教科書的通常作法，各章有完稿期限，你可以加上完稿日期一欄。

三、如何找到出版商？

在閱讀本書後面所列的「關於寫作的好書」時，你會注意到許多作者都談到尋找經紀人和出版商時所遭遇的困難。例如，在《作家的希望之書》

表 7-1　寫作進度表

章節	頁數	字數	初稿	修正稿	章名
1	10	2,770	完成	完成	導讀
2	23	5,830	完成	完成	興趣即情感
3	41	10,952	完成	完成	什麼是有趣的事？
4	24	6,596	完成	完成	興趣和學習
5	32	8,583	完成	完成	興趣、人格和個別差異
6	23	6,301	完成	完成	興趣和動機的發展
7	29	7,838	完成	完成	興趣如何形成？銜接情感和人格
8	33	8,892	完成	完成	興趣和職業
9	21	5,609	完成	完成	興趣的模式之比較
10	11	3,003	完成	完成	結論：回顧和前瞻
參考文獻	63	14,269	完成	完成	參考文獻
總計	310	80,643			

註：此寫作進度表用於監控筆者所寫的《興趣心理學》一書（Silvia, 2006）。

（*The Writer's Book of Hope*）之中，Ralph Keyes（2003）講述了一段某最佳暢銷書曾經被數十家出版商拒絕的不可思議故事。幸好對心理學家而言，學術出版界完全不同於大眾讀物出版界。在現實世界中——你在就讀研究所之前所生存的地方，有幾千個作家競相爭取出版商的注意，而每一本書對出版商而言都有財務上的風險。在學術界很少人寫書，由於可能的作者人數很少，學術類書出版商於是想要和寫書者建立穩固的關係。學術類書的出版風險小於大眾讀物，它們也有穩定的小眾市場——大學圖書館、大學課程用書，以及銷售給專家讀者的悠久有效方法。有些學術類書出版商是非營利組織，如果你正在寫一本好書，這類出版商會想要和你談談出版事宜。

在完成幾個章節之後，你必須和該書編輯做初步接觸。外星人偏愛的初步接觸方法——把人類從床上綁架走然後用探針給他們搔癢，不適用於你的第一本書，和編輯在會議中談談反而是好方法。從與會人員認出專書編輯很容易：他們往往比大學教授和研究生更講究穿著，而且就站在有幾堆書的桌子旁邊。你可能會說：「我認為他們在那裡負責賣書。」當然，行銷和販售書籍是出版商在會議中佈置幾張桌子的兩大原因。專書編輯也參加會議是因為想要接觸可能的作者，以及想要了解正在寫書的作者其進度。他們希望人們上前談談對寫書的想法，你只要信步走到某個出版商的桌前，然後詢問可否和某人談談自己正在寫的書。你會發現他們對你的書的興趣很令人精神振奮，因為失寫症小組的同事們可能正渴望聽到這個消息。

筆者調查的專書作者對於找出版商之前應該寫完多少，看法不一。有些作者先找好一紙契約；有些作者在找契約之前先寫好整本書。做決定前請先想一想。在你簽契約之前，你和自己的約定只是寫書，違反自我約定不是好事，但不會損失金錢或惹惱其他任何人——這只是你和自我羞恥感之間的問題。但是有了契約之後，在名義上和財務上你的書就正式存在。如果違反約定，你的行為會被視為不專業，你的編輯會很生氣，而且如果你預收了稿費還會欠出版商錢。在了解自己不會違反自我約定之前，不要簽契約。筆者和友人 Duval 在未動筆寫我們的書之前就獲得契約；我則在寫完《興趣心理學》一書的兩章之後才去談契約。至於你目前在讀的這本令人尊敬的大作，我是寫完整個初稿之後才聯絡美國心理學學會的出版部。

編輯如果對你的書發生興趣，會鼓勵你寄給他們著書計畫，你可以在每家出版社的網頁上找到寫計畫的須知。這類計畫通常要求作者說明本書主旨、設定的讀者群和主要的競爭對手，你也必須提供詳細的內容目次——通常附有說明各章主題的幾段文字，並且包含顯示真誠著書態度的章節內容樣本。你可以要求自薦評審該計畫的學者名單。出版商也想對你有詳細的認識，他們知道，寫書這件事易想難成，如果你從未寫過書，編輯可能

會堅持要看到章節內容樣本。

　　不同於期刊論文的投稿，著書計畫可以同時提給幾個出版商。為節省每個人的時間，不要把計畫寄給不想出版你的書的出版商。很多以公平對待作者著稱的出版商都出版心理學書籍，在考慮可能的出版商時，請接洽那些在你的著作領域方面態度殷實的出版商，因為其中一個出版商可能會有該領域為主的叢書。出版商會把你的計畫送給同儕評審看過，這些人常常是他們出過書的作者。有時出版商會寄給你評審的意見；有時則存檔不寄。不論寄與否，如果你的書看起來不錯，可能幾家出版商都會提供簽約機會。

　　簽著書契約乃大事一件——不同於你和錄影片出租店簽的契約，因此要仔細詳閱契約內容。以下是著書契約的某些規範事項。

1. 契約上會明訂交稿日期——這是你要把書從你沾有咖啡汁的髒污露指手套移開的日子。有時出版商會設定連續的交稿日，例如，教科書出版商常常要求在幾個月之內交幾個章節。要仔細考慮交稿日期——設定從今天開始的兩年內交稿很常見。如果你一直都在監控自己的寫作，你會知道自己每天寫多少字及寫作的頻繁程度。要有實證根據：請利用統計來預估交稿日期。

2. 作者和出版商都關心版稅。平裝本和精裝本有不同的版稅稅率，以及銷售量愈高稅率愈高，都是常見的情形。著書契約常常會明訂這些稅率的例外情況，例如作者可分得外國翻譯版權的收入；又如，許多書——庫存剩餘及贈書——是作者和出版商都沒有利潤的。

3. 出版商以預付款吸引作者，然後作者不理性地被吸引。請記得，這筆錢是版稅的預付款——不是簽約紅利。如果你不需要預付款，可以拒絕。如果你寧可先拿到而非後拿到版稅，請和編輯討論預付款問題。預付款有助於支付校讀費用或製作圖表所需。

4. 契約會載明哪一方負責處理引用許可事宜（要求以其他資料形式再

製）、製作圖表，以及編輯索引。作者通常會負責處理引用許可、圖表和索引，雖然教科書出版商往往比較願意處理這些事宜。

5. 此類契約通常會說明如何處理以後的版本。許多契約都給予出版商要求出修訂版的權力。如果你不想要修訂，契約上就要載明出版商可以委任其他作者修訂。這個條文看起來沒那麼糟，因為如果你過世或退休，出版商可以繼續販售及行銷該書。契約上可以針對以後的版本條列版稅調整方式——不論增或減。.

6. 契約上會訂明誰擁有本書的版權。對學術用書而言，出版商通常會保留版權，同時也會說明如果該書售罄的話要怎麼辦。例如，契約上可規定如果售罄達六個月，作者可以要求再印。若出版商拒絕再印，就必須把所有權利轉移給作者。請確認在該書售罄之後你擁有版權，這將讓你有機會選擇和不同的出版商合作，以修訂及再印該書。

7. 出版商可能會把「優先拒絕權」（right of first refusal）的條文放到契約中。這個條文表示他們要優先審核你的下一本書的著書計畫，即使最後決定不出版。

四、處理細節事宜

當寫書寫到快順利完成時，你必須把寫作的樂趣放下，才能夠得到準備把書稿交給出版商的更大喜悅。你的編輯會寄給你說明應該如何交稿的須知。在這個階段，你會收到同意引用的表格、自行製作高品質的電腦繪製圖表，以及填補正文和參考文獻中的任何細小脫漏處——最先你覺得這是很枯燥的事。接著出版商會寄給你詳細的作者問卷，詢問有關你個人和本書的資訊。這些資訊會用來編新書目錄、行銷和宣傳，因此你應該仔細考慮其內容。你也可能被要求針對封面圖樣和可能推介本書的學者提供建

議。盡量使用你的雷射印表機吧，因為出版商通常會要幾份初稿及一份電子檔。

當你的書進入到出版過程之後，請期待從執行編輯那裡收到大袋裝、經過文字編輯的校對稿——你所比喻的一大堆樂趣會真的像是一大堆。大多數的書其出版時間表都很緊湊；現在可不能有閃失。記得你收到的預付款嗎？花幾百元美金請人校對你的稿件吧，你當然也要讀過校對稿，但是應該找第二個人重新看過。有一位任職文字編輯的好友幫我校讀過我的第一本書；在本校寫作中心工作的某位研究生為我校讀過第二本書。如果你需要編索引，應該在收到校對稿之後進行。編索引的單調乏味過程將會考驗你的決心，但有助於建立作者的品格。

五、結語

寫書是純淨的居家樂事，但卻沒有「樂趣」或「家庭」（或甚至不純淨，如果像我一樣把咖啡灑出去的話）。寫書沒有無法解釋的奧秘，只有遵守寫作時間表這種可被闡述的習慣。想要學習新領域的知識、對大量的研究獲得某種廣博的觀點，以及了解作者的看法時，人們就會閱讀。如果你想說出一些看法，去寫一本書吧；如果你想說出很多看法，那就寫兩本書吧！當你開始寫書之後，請寄給我一封電子郵件，讓我知道你的狀況，因為我想知道這些訣竅對你是否有用，以及你是否有任何啟發專書作者的建議。

第八章

尚有更多好書待寫

　　本書提出一套高產量學術寫作的方法。第二章推翻了某些對大量寫作而言肖似合理的障礙，然後介紹這套方法的核心特點：根據時間表來寫作。為幫助你遵守時間表，第三、四章說明如何設定適當的目標和優先事項、如何監控寫作進度，以及如何成立失寫症小組。第五章使你朝改善寫作的方向邁進。第六、七章則提供撰寫期刊論文和專書的實用訣竅。寫一本小書來談大量寫作是件諷刺的事，但其實沒有太多可寫之處，因為這套方法很簡單。

一、定時寫作的樂趣

　　遵守寫作時間表有許多明顯的樂趣，每一週你會寫出更多頁文稿，這等於是寫出更多期刊論文、經費申請計畫、專書章節和專書。遵守時間表可以消除「找時間寫作」和懷疑能否寫出東西的不確定性和痛苦，因為寫作計畫在截止期限之前就會結束。你在暑假中用於寫作的時間相當於開學後幾週所花的時間：寫作時間表使你的寫作產量平均地像矩形分布。寫作

會變得很平常、很習慣、很普通，而非有壓迫感、不確定，或獨占性高的工作。

遵守時間表所獲得的意外樂趣是產生藝匠般的驕傲感。寫作的外在酬賞很少也不可預料——偶爾會有一封接受信從成堆的拒絕信中露出來。對狂寫者而言其內在酬賞就更少，由於寫作係受到內疚感和焦慮感所驅動，狂寫者無法發現其酬賞過程。更由於長時間狂寫，寫畢之後會跟著產生不愛寫作的倦怠感。行為主義者可能會說，遵行寫作時間表，你就控制了自我增強的頻率（Skinner, 1987）。你知道何時會因為達成目標而得到酬賞。筆者的目標是在平日的早上寫作，有些日子我寫得很多；有些日子則令人發愁又挫折。但即使在寫得不順手時，我也很高興能坐下來寫作：我會很驕傲地在 SPSS 檔鍵入「1」，然後想像有人輕拍自己背後一下（具體化的酬賞是一杯好喝的咖啡）。我不想寫——出去吃個貝果的衝動更強烈——但不管怎樣我還是寫了。在遵守時間表這麼久之後，這個小小的平日勝果而非展望最後的出版，激勵了我寫作。

二、多做少想

你不需要有特別的特質、基因或動機來達到大量寫作。你不需要有想寫作的期望——人們幾乎都不想做沒定期限又不喜歡的事，因此不要等到覺得想寫時才寫。高產量的寫作涉及到對習慣的約束，而習慣來自重複的行為。訂出時間表，然後在寫作時間內坐下來寫。你可能會把前幾次的時間花在咒罵、呻吟和咬牙切齒，但至少你是在排定的寫作時間而非狂寫時咒罵一切。幾週之後，定時寫作已成習慣，你不再覺得被迫要在非排定的時間去寫作。在寫作時間固定成不變的例行公事之後，「想要寫作」的想法會令你覺得奧妙而費解。習慣的力量會讓你坐下來開始寫作。

諷刺的是，大量寫作並不會使你喜歡寫作或想要寫作。寫作很難而且

永遠都很難；寫作是不愉快的事而且永遠都是不愉快的事。大多數日子裡，我不想要坐在我的硬纖維玻璃椅上把電腦打開，然後面對寫了一半的論文。但是教學也會令人覺得挫折，沉悶又進展緩慢的委員會議也令人抓狂。人們如何處理這些工作？他們只是出席而已。應該要多做少想，William Zinsser 寫道：「決定你想要做什麼，決定去做，然後動手做。」（Zinsser, 2001, p. 285）。

三、寫作不是競賽

隨你想寫多少就寫多少。雖然本書告訴你如何大量寫作，但不要認為你應該寫很多。本書更正確的書名應該是《如何以更不焦慮、不內疚的態度在平日有更高產量的寫作》（*How to Write More Productively During the Normal Work Week with Less Anxiety and Guilt*），但是沒有人會買這本書。如果想要寫得更多，寫作時間表會使你成為產量更高的作者。每週你會花更多的時間寫作，也會寫得更有效率。最後，你會費力看完自己庫存裡的未出版資料，然後更有信心地寫作。如果你不想寫得更多，寫作時間會帶走寫作的內疚感和不確定性，因為你不必擔心「找時間寫作」，也不用犧牲週末時間去做無益的狂寫。如果打算在生之年只寫少數作品，你的寫作時間可以是思考時間，讓你能定時閱讀好書，以及思考自己的專業發展。

著作豐富不會使你成為更好的人、更好的心理學家或科學家。心理學界有一些最多產的作者只是不停把相同的概念重新改編而已：實證的期刊論文可以衍生為好幾篇評論性文章，評論性文章可以再增補為專書章節，專書章節又可以翻新成為手冊章節和通訊文章。多產的作者有更多的著作，但他們不一定比其他人有更好的想法。寫作不是競賽，不要為了再增加一篇出版的論文而發表論文，不要計算自己的著作量。但是要對潛藏在你的檔案櫃卻被安樂死的論文感到驕傲——這些論文可能被刊登但卻不應該在

任何地方刊登。如果你發現自己在計算出版論文量，請花一些寫作時間思考你的動機和目標。

四、享受生活

寫作時間會平衡你的生活——不是偽科學、新時代（New Age）或奇蹟式自我實現的自助觀點之「平衡」，其意義是指分開工作和生活的「平衡」。狂寫者會很愚蠢地想找出大的時段，而他們「發現」這種時段是在晚上和週末，因此狂寫會耗費掉應該用於正常生活的時間。難道學術寫作比花時間和親友共處、寵愛小狗或喝咖啡更重要？不受寵愛的小狗很可憐；捨棄一杯咖啡其咖啡因就永遠沒了。要像保障你的寫作時間一樣地保障現實生活的時間，把晚上和週末花在和親朋好友閒逛、製作獨木舟、競標你不需要的古董家具、觀賞《治律與秩序》（*Law & Order*）電視劇、修理百葉窗，或者教你的貓如何使用廁所。只要別把休閒時間花在寫作上，做什麼事都可以——平時就有時間可以寫作。

五、結語

本書已完結；謝謝閱讀。我很享受寫這本書的過程，但現在是寫另一本書的時候，也是你該寫點東西的時候。Ailliam Saroyan 寫道：「想到還有許多好書待寫，我就很高興，寫作沒有結束之日，我知道我自己會寫出其中一些」（Saroyan, 1952, p. 2）。

關於寫作的好書

少數重要的書

American Psychological Association. (2001). *Publication manual of the American Psychological Association* (5th ed.). Washington, DC: Author.

Merriam-Webster's collegiate dictionary (11th ed.). Springfield, MA: Merriam-Webster.[1]

Strunk, W., Jr., & White, E. B. (2000). *The elements of style* (4th ed.). New York: Longman.

Zinsser, W. (2001). *On writing well* (25th anniversary ed.). New York: Quill.

文體方面的書

Baker, S. (1969). *The practical stylist* (2th ed.). New York: Thomas Y. Crowell.

Barzun, J. (2001). *Simple and direct: A rhetoric for writers.* New York: HarperCollins.

Harris, R. W. (2003). *When good people write bad sentences: 12 steps to better writing habits.* New York: St. Martin's Press.

Smith, K. (2001). *Junk English.* New York: Blast Books.

Smith, K. (2004). *Junk English 2.* New York: Blast Books.

---

[1] 或其他適合的辭典。

Walsh, B. (2000). *Lapsing into a comma: A curmudgeon's guide to the many things that can go wrong in print - And how to avoid them.* New York: Contemporary Books.

Walsh, B. (2004). *The elephants of style: a trunkload of tips on the big issues and gray areas of contemporary American English.* New York: McGraw-Hill.

文法和標點符號方面的書

Gordon, K. E. (1984). *The transitive vampire: A handbook of grammar for the innocent, the eager, and the doomed.* New York: Times Books.

Gordon, K. E. (2003). *The new well-tempered sentence: A punctuation handbook for the innocent, the eager, and the doomed.* Boston: Mariner.

Hale, C. (1999). *Sin and syntax: How to craft wickedly effective prose.* New York: Broadway.

Truss, L. (2003). *Eats, shoots & leaves: the zero tolerance approach to punctuation.* New York: Gotham.

動機方面的書

Boice, R. (1990). *Professors as writers: A self-help guide to productive writing.* Stillwater, OK: New Forum Press.

Friedman, B. (1993). *Writing past dark: envy, fear, distraction, and other dilemmas in the writer's life.* New York: HarperCollins.

Keyes, R. (2003). *The writer's book of hope.* New York: Holt.

King, S. (2000). *On writing: A memoir of the craft.* New York: Scribner.

參考文獻

Allport, G. W. (1961). *Pattern and growth in personality*. New York: Holt, Rinehart & Winston.

American Psychological Association. (2001). *Publication manual of the American Psychological Association* (5th ed.). Washington, DC: Author.

Atkinson, J. W. (1964). *An introduction to motivation*. New York: Van Nostrand.

Baker, S. (1969). *The practical stylist* (2nd ed.). New York: Thomas Y. Crowell.

Bandura, A. (1997). *Self-efficacy: The exercise of control*. New York: Freeman.

Batson, C. D., Schoenrade, P., & Ventis, W. L. (1993). *Religion and the individual*. New York: Oxford University Press.

Baumeister, R. F., & Leary, M. R. (1997). Writing narrative literature reviews. *Review of General Psychology, 1*, 311–320.

Bem, D. J. (1995). Writing a review article for *Psychological Bulletin*. *Psychological Bulletin, 118*, 172–177.

Boice, R. (1990). *Professors as writers: A self-help guide to productive writing*. Stillwater, OK: New Forums Press.

Brehm, J. W. (1966). *A theory of psychological reactance*. New York: Academic Press.

Carver, C. S., & Scheier, M. F. (1998). *On the self-regulation of behavior*. New York: Cambridge University Press.

Cooper, H. (2003). Editorial. *Psychological Bulletin, 129*, 3–9.

Duval, T. S., & Silvia, P. J. (2001). *Self-awareness and causal attribution: A dual systems theory*. Boston: Kluwer Academic.

Duval, T. S., & Wicklund, R. A. (1972). *A theory of objective self-awareness*. New York: Academic Press.

Eisenberg, N. (2000). Writing a literature review. In R. J. Sternberg (Ed.), *Guide to publishing in psychology journals* (pp. 17–34). Cambridge, England: Cambridge University Press.

Ericsson, K. A., Krampe, R. T., & Tesch-Römer, C. (1993). The role of deliberate practice in the acquisition of expert performance. *Psychological Review, 100,* 363–406.

Gordon, K. E. (2003). *The new well-tempered sentence: A punctuation handbook for the innocent, the eager, and the doomed*. Boston: Mariner.

Grawe, S. (2005). Live/work. *Dwell, 5*(5), 76–80.

Hale, C. (1999). *Sin and syntax: How to craft wickedly effective prose*. New York: Broadway.

Heider, F. (1958). *The psychology of interpersonal relations*. New York: Wiley.

Hull, C. L. (1943). *Principles of behavior*. New York: Appleton-Century-Crofts.

Jellison, J. M. (1993). *Overcoming resistance: A practical guide to producing change in the workplace*. New York: Simon & Schuster.

Kellogg, R. T. (1994). *The psychology of writing*. New York: Oxford University Press.

Kendall, P. C., Silk, J. S., & Chu, B. C. (2000). Introducing your research report: Writing the introduction. In R. J. Sternberg (Ed.), *Guide to publishing in psychology journals* (pp. 41–57). Cambridge, England: Cambridge University Press.

Keyes, R. (2003). *The writer's book of hope*. New York: Holt.

King, S. (2000). *On writing: A memoir of the craft*. New York: Scribner.

Kline, R. B. (2005). *Principles and practice of structural equation modeling* (2nd ed.). New York: Guilford Press.

Korotitsch, W. J., & Nelson-Gray, R. O. (1999). An overview of self-monitoring research in assessment and treatment. *Psychological Assessment, 11,* 415–425.

Lewin, K. (1935). *A dynamic theory of personality*. New York: McGraw-Hill.

Parrott, A. C. (1999). Does cigarette smoking cause stress? *American Psychologist, 54,* 817–820.

Pope-Hennessy, J. (1971). *Anthony Trollope*. London: Phoenix Press.

Reis, H. T. (2000). Writing effectively about design. In R. J. Sternberg (Ed.), *Guide to publishing in psychology journals* (pp. 81–97). Cambridge, England: Cambridge University Press.

Salovey, P. (2000). Results that get results: Telling a good story. In R. J. Sternberg (Ed.), *Guide to publishing in psychology journals* (pp. 121–132). Cambridge, England: Cambridge University Press.

Saroyan, W. (1952). *A bicycle rider in Beverly Hills*. New York: Scribner.

Sawyer, R. K. (2006). *Explaining creativity: The science of human innovation*. New York: Oxford University Press.

Silvia, P. J. (2006). *Exploring the psychology of interest*. New York: Oxford University Press.

Silvia, P. J., & Gendolla, G. H. E. (2001). On introspection and self-perception: Does self-focused attention enable accurate self-knowledge? *Review of General Psychology, 5,* 241–269.

Skinner, B. F. (1987). *Upon further reflection*. Engle-wood Cliffs, NJ: Prentice Hall.

Smith, K. (2001). *Junk English*. New York: Blast Books.

Sternberg, R. J. (Ed.). (2000). *Guide to publishing in psychology journals*. Cambridge, England: Cambridge University Press.

Strunk, W., Jr., & White, E. B. (2000). *The elements of style* (4th ed.). New York: Longman.

Stumpf, B. (2000). *The ice palace that melted away: How good design enhances our lives*. Minneapolis: University of Minnesota Press.

Trollope, A. (1999). *An autobiography*. New York: Oxford University Press. (Original work published 1883)

Wrightsman, L. S. (1999). *Judicial decision making: Is psychology relevant?* Boston: Kluwer Academic.

Wrightsman, L. S., & Fulero, S. M. (2004). *Forensic psychology* (2nd ed.). Belmont, CA: Wadsworth.

Zinsser, W. (1988). *Writing to learn*. New York: Quill.

Zinsser, W. (2001). *On writing well* (25th anniversary ed.). New York: Quill.

國家圖書館出版品預行編目資料

你就是論文寫手：高產量學術寫作指南 ／　Paul J. Silvia 著；

　賴麗珍譯. -- 初版. -- 台北市：心理，2010.01

　　面；　公分. --（社會科學研究系列；81211）

　參考書目：面

　譯自：How to write a lot: a practical guide to productive
academic writing

　ISBN 978-986-191-335-3（平裝）

1.論文寫作法

811.4　　　　　　　　　　　　　　　　　　　98025383

社會科學研究系列 81211

你就是論文寫手：高產量學術寫作指南

作　　者：Paul J. Silvia
譯　　者：賴麗珍
執行編輯：高碧嶸
總 編 輯：林敬堯
發 行 人：洪有義
出 版 者：心理出版社股份有限公司
地　　址：231 新北市新店區光明街 288 號 7 樓
電　　話：(02) 29150566
傳　　真：(02) 29152928
郵撥帳號：19293172　心理出版社股份有限公司
網　　址：http://www.psy.com.tw
電子信箱：psychoco@ms15.hinet.net
駐美代表：Lisa Wu（lisawu99@optonline.net）
排 版 者：臻圓打字印刷有限公司
印 刷 者：正恒實業有限公司
初版一刷：2010 年 1 月
初版三刷：2017 年 3 月
I S B N：978-986-191-335-3
定　　價：新台幣 130 元